INDEX

装丁　コンロッド

アムールの交差点

夢見るカムジャタン

中田恒彦は平凡だが落ち着きのある真面目な男だ。

大酒も飲まなければ、賭け事も女遊びもしない。サラリーマンとしてひたすら誠実かつ実直に生きてきた。年下の上司に呼び捨てで呼ばれても嫌な顔は見せない。目立つような功績はないが、周囲からは歳の離れた先輩としてそれなりに頼りにされている。職場の飲み会もよほどのことがなければ断らない。若手からの他愛もない不満を聞いてやり、上司の会社に対するどうしようもない繰り言を聞き流し、女子社員からは年に一度の義理チョコももらっている。

恒彦は、トイレの鏡で最近気になり始めたもみあげの白髪をそっと整えた。アーリーフィフティの男としては、四十そこそこでも通りそうではないか。いや、それは自惚れかもしれない。今朝の朝食の時、夜更かしが過ぎて眠い目をこする私に、妻は「いつまでも若くはないのだから」と呆れたもの言いだった。いやしかし、だからなんなのだ。歳を重ねたからといってそのことを自覚する必要はあるのか。妻曰く、年寄りは年寄りらしくだそうだ。そんなことは顔がシミだらけになって二本足で歩けなくなってから考えればいい。若いものには負けない、などという愚かなことを言うつもりはないが、好んで年寄りになる必要もない。

デスクに戻り、パソコンの前に座ると「お疲れ様でーす」と同じグループの愛美が誰かの出張のお土産を配り始めた。彼女は手足が長く余計な脂肪などなさそうなルックスだが、よく見ると其の実、こぼれそうな豊かなバストを持った美人だ。クールな切れ長の目とは対照的に、男を挑発するような肉厚な唇が魅力的だ。そして、その唇はいつも濡れている。甘え上手でもあり、どこか放っておけない雰囲気を放っていた。彼女が饅頭をそっとキーボードの横に置いた時、恒彦はその線の細い優美な指先を見逃さなかった。

白く長い指先。

その指先が油にまみれ、ぷるりとして血色のいい肉厚な唇の中に吸い込まれる様を想像し、恒彦は震えた。

目の前のパソコンの画面が突然ゆがみ始め、ひずんだ画面の向こうから艶めかしく濡れた愛美の唇が画面いっぱいに広がる。下唇を少し噛んだと思うと唇をゆっくりと尖らせ、その隙間から濡れて光る唇が見え隠れする。その唇は「早く……」と言っているように見える。早く……？　早くって？　何を早く？　女の子から「早く」なんて言われたことない。ああ、母からはよく言われたか。でも女の子からはないな。妻からだってない。「早く……」って……ああ、本当に？　いいのかい……？　いいのか……

「中田さん？」

若手社員の佐藤だ。

「中田さん、なんか顔、笑ってますけど……」

今にも吹き出しそうな顔で佐藤が俺の顔を覗いていた。

「ああ、俺、この饅頭が大好きなんだ」

何それかわいい、という女子達の声が聞こえたが、恒彦は再び仕事に集中した。

日比谷公園では、セミの声がうるさいくらいだった。

佐藤と愛美を連れてクライアントとのミーティングを終え、涼しい通りを歩こうという佐藤の提案で日比谷公園の中道を三人で歩いていた。木漏れ日と日陰のコントラストが足元に広がっている。ああ、夏だ。まぎれもない夏だ。佐藤の後をハイヒールの愛美が歩きづらそうについていく。恒彦は愛美のすぐ後ろを歩いていた。愛美のポニーテールが揺れ、汗で濡れたうなじにおくれ毛が貼りついている。暑いと言って、営業先では着用していた紺の上着を脱ぐと、上着の下は意外にもノースリーブだった。白く柔らかそうな腕が眩しかった。

「暑いから、どこかでお茶でもして涼もうか」

恒彦の言葉に、足を止め、パッと輝くような笑みで振り返る愛美。

「いいんですか？」

「こう暑くちゃね。でも汗が引いたらすぐ会社に戻るぞ」

「やったー！　佐藤さーん、中田さんがお茶していこうってー！」

少し前を歩いていた佐藤も振り返って、嬉しそうに手を挙げた。

手頃なカフェの丸テーブルに腰を掛けると、佐藤はすぐさま出されたおしぼりで顔と首を拭いた。どこからか〈Girls from Ipanema〉がＢＧＭでかかっている。昼下がりの午後にぴったりだ。

「いいなぁ。男の人は、顔が拭けて」

愛美はハンカチでうなじの汗をぬぐった。

その時、ノースリーブの袖口から脇のほど近いところに、ホクロが見えた。それだけで、愛美の肉体が生々しく感じられた。

しばらくするとよく冷えたアイスティーが運ばれてきた。佐藤が今日のクライアントの反応と今後の提案について持論を述べている。恒彦は佐藤の話に耳を傾けながらも隣に座る愛美のふっくらとした赤い唇がストローを咥える様子に神経を集中していた。少し屈んで唇をストローへ向ける。恒彦はちょうど斜め上からそれを眺める格好となる。艶めかしい行為だ。佐藤の熱のこもった話に頷きながら、恒彦は愛美を意識していた。

愛美は氷が溶ける間もなく、グラスの中身をあっという間に飲み干していた。

もう、体中が汗でべっとりで、一気に飲み干して吹き出る汗をどうにかしたかった。エアコンの冷気とキンキンに冷えたアイスティーのおかげでようやく落ち着いたけれど、本当のことを言うと背中も腰もタオルでしっかり汗を拭きたいくらいよ。さっきから、佐藤さんの熱弁が暑苦しすぎるのよ。持論で気温を上げるのは止めて欲しいわ。

愛美は空のグラスを持ち上げ、大き目の氷を口に滑らせた。

恒彦は見逃さなかった。

愛美はグラスを持ち上げたかと思うと、大きな氷を柔らかい唇の中に吸い込んだのだ。少し開けたその唇に氷が当たり、愛美はそれと戯れるように唇と唇の間に滑らせた。その時、一瞬だったが、氷が唇の中へ吸い込まれる音がした。

いやらしい音だ。女の唇に物が吸い込まれる音は、なんであってもいやらしい。出来ることなら、愛美がその氷を何度も出し入れしてくれないかと願うが、愛美がそんなにお行儀の悪い子ではないことも知っていた。

「中田さん、俺、部長にそもそもあの見積もりには無理があるって言ってやりたいですよ。クライアントにはもっと誠実な価格で提案したいっす」

その言葉に現実へと引き戻された。

佐藤は若い。優秀だが、まだ仕事に対しての視野が狭すぎる。顔を近づけて見ていては、物事の全体は捉えられないということを、佐藤はまだ知らない。

「そうだなぁ。このプロジェクトがひと段落したら、みんなで飯でも食うか」

愛美がパッと顔を上げ、「賛成〜！」と一番乗りで参加表明をした。


恒彦の職場は昼食に恵まれているロケーションだ。

居酒屋のランチに蕎麦屋、サブウェイ、パワー系ロメスパもある。その中で、とりわけ恒彦が気に入っている韓国料理店がある。ここはランチに八種類ほどのスープや一人鍋の定食を提供している。

かなり前だが、愛美を連れてランチに蕎麦屋に行ったことがある。

その時、愛美は天ざる蕎麦を頼んだのだが、その食べる姿が強烈に脳裏に焼き付いているのだ。麺を汁につけ、それを力強く啜る頬、音、麺を啜った後の汁に湿った唇。極めつけは唇に付いた海苔を恥ずかしそうに舌で舐める様子だった。その姿に、恒彦は快感にも似た衝撃に震えたのだ。

あの時、俺は蕎麦だった。海苔だった。おくれ毛を片手で抑えながら、啜る麺が左右に揺れて、彼女の顔に麺つゆがはねた。おしぼりでその汁を拭いて、海老天に手をかけた。あの海老天は俺だ。彼女が海老天を頬張る。唇でしっかり海老天を捕らえ、齧る。歯を立てないでくれ！　もっと海老天を口の中で転がしてくれ……。

それ以来、恒彦はいつかチャンスを見て、お気に入りの韓国料理店のランチに愛美を連れ出そうと計画していた。出来れば、たっぷりと昼食時間を取れた方がいい。さっさと食べ終わってしまっては俺の目的が萎む。ゆっくりとねっとりと食べる姿を舐りたいのだ。ランチタイムの繁忙時間ではダメだ。俺はプレッシャーに弱いんだ。外に並んでいる客を見たら、すぐさま食事を終えなければという重荷に潰されてしまう。

愛美の唇があの鍋を食べるとしたら、たっぷり九十分は時間を確保したい。二人で九十分も昼食だけに出かけていたら絶対に不自然だ。だから、これは外出からの昼食の流れで計画しなければならない。しかし、外出には必ず佐藤がついてくる。あいつがいたんじゃ熱い鍋が無意味に暑苦しい鍋になってしまう。ああ、佐藤が一時的に爆発していなくなってくれれば……。

チャンスはほどなくやってきた。

例のクライアントの訪問日に、佐藤がインフルエンザにかかってしまったのだ。佐藤がいなくてもクライアントには行くさ。仕事なのだから当然だ。俺はこんな日を待っていたんだ。凡庸な人生を送っている俺に、やっと神様がプレゼントを贈ってくれたんだ。神様、ありがとう！　佐藤、グッジョブ！

クライアントでのプレゼンをあまりに手早く終わらせすぎたせいだろうか。先方は呆気に取られていた。確かに、いつもは二時間たっぷりかけるところを一時間弱でまとめたからな。しかし、不思議なものでいつもはあれほど鈍い反応の客先が、今回は向こうから今後のプロジェクトに更に予算をかけてくれると約束してくれた。やればできるじゃないかとも言っていたが、あれはどういう意味だったんだ。まぁ、いい。計画は上々だ。このまま行けば、韓国料理店のランチのラストオーダーにぎりぎり間に合う。ラストオーダーなら客も少ないし、食べ終わるまで追い出されることもない店だ。佐藤はいないし、まさに完璧な状況が揃ったではないか。

恒彦は逸る気持ちを抑えながら、努めて自然に愛美をランチに誘った。

「クライアントからいい返事を得られたし、美味しいランチを食べよう。佐藤には悪いが、今日は愛美ちゃんが頑張ってくれたからね」

空腹がピークの愛美は、落ちくぼんだ眼で恒彦を見上げた。

中田さん、今日は昼時にプレゼンだから早めにランチに行こうとしていた私を引き留めて、めっちゃ資料作成を手伝わせて、おかげでランチを食べそびれたまま外出。もう今日はデスクでスルメでもかじって周囲に不幸を猛烈にアピールしようかと思ってたけど、ひょっとしてランチはごちそうしてくれるのかしら。だったら全部許すことにするわ……。

なぜだ。なぜ、俺をそんな目で見るんだ。その甘えるような視線はなんなんだ。今日は俺の願望を実現するXデイということをまさか知る由もないだろう？　この願望が実現している最中に、もしかしたら俺の中で何かの決壊が壊れてしまうかもしれない。今日は、愛美の何もかもが俺にとっては掛け算的に膨らむ日になってしまっているんだ。

「もちろん、ごちそうするよ」

愛美は微笑もうとしたが、空腹すぎたせいか片方の口角しか上がらず、かなり卑屈な笑みを恒彦に返していた。

店内では、〈The way you look tonight〉が流れていた。こ気味いいスウィングとは裏腹に、恒彦の心臓は高まっていた。

「カムジャタン二つ、お願いします」

メニューを渡される前に恒彦は店員に注文をするした。メニューを見せられて、他の物を注文されては困る。

「カムジャタン？」

「うん。カムジャタンは豚肉とジャガイモの鍋だよ」

「へぇ……、それがこのお店のイチオシなんですか？」

「そうなんだ。実は都内で、カムジャタンを出すお店は少ないんだ。時間をかけて調理されたとても美味しい鍋だよ。そんなに辛くないしね」

「中田さんって美味しいものに詳しいですよね！　食べたことないけど、楽しみ～」

愛美は嬉しそうに頬をほころばせて手を合わせた。さっきの卑屈な笑い顔が幻のようだ。恒彦はスーツを脱いでテーブルの脇に置いた。計画通り、奥の掘りごたつの座敷へ通されたし、彼女が壁側で俺はホールに対して背中を向けている。ランチタイム終盤とあって、ホールのテーブルに一人客が数名いるだけで、座敷にはほかに客はいない。すべて完璧だ。

「お待たせしました」

数種類の小皿と小さなステンレスの器に押し詰められたご飯と、石鍋の中で煮えたぎったカムジャタンが運ばれてきた。

愛美は骨が浮いている赤い地獄谷のような鍋の中をスプーンで突いてキョトンとしていた。それもそのはずだ。カムジャタンの鍋の中を溢れんばかりに陣取っているのは豚の背骨。カムジャタンとは、この背骨についた肉をほじって食べる料理なのだ。豚肉とジャガイモの鍋ではあるが、ジャガイモの存在は限りなく小さい。

「スープを飲んでごらん」

愛美がスプーンにスープを掬って口に運ぶ。柔らかくて重そうな唇をとがらせて冷

ましている。そっとスープを啜ると
「美味しい！　赤いスープの割には全然辛くないんですね。この胡椒みたいなゴマみたいな粉はなんですか？」

「エゴマだよ。エゴマの種を粉末にしたものなんだ。豚の臭みを消す作用があるんだってさ」

「ふぇー、独特な香りですけど、ゴマみたいな感じもするし、おいしーーーい！」

いいぞ。気に入ってくれ。そしてどうか、豚の背骨をじっくり堪能してくれ。

豚の背骨は、そこに付いた肉を食べるには実に複雑な形状をしていて、スプーンや箸でほじくって食べるという器用なことはできない。どこが背骨でどこがあばらかもわからないくらいにでこぼことしていて、手で肉と骨をほぐしながら食べるしか方法はない。案の定、愛美は不器用にスプーンで骨をつつくだけで、そこについているコラーゲンたっぷりの肉になかなか有りつけないでいた。

「こうやって手で骨と骨を割いて、そこに付いた肉をしゃぶって食べるんだよ」

恒彦がデモンストレーションする。長時間調理された骨は、手で簡単にばらけて、そこについた肉は口に運ぶとすぐにほぐれる。空腹の愛美はすぐにも食べたいのか、まだ煮えたぎっているスープの中に手を入れて「あちっ！」と顔をしかめた。

「すごく熱いから気を付けて」

恒彦は愛美の鍋の大きな骨をテーブル越しにいくつか割いてあげた。

ああ、楽しい。こんなに楽しい食事は何年ぶりだろう。恒彦は小さな幸福を心の中で感じながらも、その下から突き上がってくる欲望が徐々に膨らんでいくのを無視できないでいた。

恒彦の幸福とは裏腹に、愛美は先輩のこのチョイスを呪っていた。

こんなにお腹が空いているのに、なんで焼肉定食じゃないの？　なんで石焼ビビンバ定食じゃないの？　なんでこんなに面倒くさい鍋なのよ……。しかも、スープの中の具を手づかみして、しかもそれをしゃぶるってどんな料理なの？

愛美の中で、カムジャタンの熱さと空腹を満たしたい欲求が猛烈にせめぎ合っていた。

とにかく、中田さんのほぐしてくれた骨からやっつけるわ。熱いけど我慢よ。この空っぽなお腹には栄養が必要なのよ。

愛美はたっぷりと骨に付いた肉を口に運んだ。

恒彦は愛美のあの肉感的な唇の間が肉を捕らえる瞬間を眺めていた。よほど熱いのだろう。口の中に空気を出し入れしながらほぐれた肉を転がしている。下唇を突き出し、目を白黒させながらなんとか肉を飲み込んだ。そして、ご飯にスプーンを直角に差し込み、大口でぱくついた。

「ああ、美味しい。幸せ～。とってもお腹空いてたんです」

愛美は食事を続ける。

恒彦も食事をしていたが、愛美に不審に思われない程度にその姿を凝視していた。何度も妄想の中で描いた愛美の指が脂で汚れていく様子が、目の前で繰り広げられている。愛美は恐々と骨を持ち上げ、骨と骨を割いて、その一方を口に持っていく。中にはなかなか骨から離れない手ごわい肉もある。愛美は少し眉をひそめながら骨をひっぱる。唇が前に押し出され、中の粘膜が少しはみ出る。骨の内側の肉もほじくり出そうと指を動かすと、クチュクチュと音がする。愛美は食事に集中している。この子はひとつのことに集中すると周りが見えないところがある。ほんの少し肉がほぐれそうな手がかりを見つけると、今度は舌でそれを掬い出そうとする。それでもダメならチュッと吸う。愛美の指はすっかり脂で光っていた。おしぼりで拭くもの厭わないで、愛美は骨とそこについている肉に集中していた。もっと、もっと舌を使ってくれ。もっと、丁寧に骨をしゃぶるんだ。

愛美がスープを飲む。少し顔を上げて液体を飲み込むと、白い喉が上下に動く。恒彦の中で、愛美の行為がスローモーションで流れていく。愛美が骨を頬張り、ゆっくりと骨を引き出す。ほぐれた肉を口の中で転がし、そのままもっと欲しいと言わんばかりに次の骨を咥える。大きな肉が音を立てて愛美の喉を滑っていく。愛美の唇は脂で艶めかしく輝いていた。唇の間から赤い舌が見え隠れする。愛美が指についた脂を物欲しそうにしゃぶる。

恒彦は自分の股間が熱くなり、重くなるのを感じていた。今日は、理性のたがを外し、この欲望を抑えることなく解放するのだ。そう決心した時から計画は始まっているのだ。この股間を俺は止めない。したいようにさせてやるのだ。愛美の指が恒彦の肉棒を捕らえ、肉厚な唇に吸い込まれていく。湿った粘膜と独立した生き物のような舌が、肉棒に絡みつくようにねぶる。唇が肉棒の先に向かってなめくじのように動いていく。大きく張り出た雁首で動きが止まり、唇できつく掴まれる。肉厚な感覚に鬼頭が包まれ、口の外に出された肉棒が空気に触れてひんやりするのとは対照的に、恒彦からせり出した肉体の一部だけが、熱く湿っていた。その最先端の穴を舌先で刺激され、その舌先が強引に皮膚の内側まで入ろうと刺激してくる。愛美が口を肉棒から離す。満足そうに上唇を舌で舐めずり、何かを飲み込んだ。

「中田さん、冷めちゃいますよ」

愛美の声でハッとした。恒彦は慌てて鍋の中の骨を手にするが、それどころではなかった。恒彦の股間は思春期の頃のようにはち切れんばかりに膨らみ、僅かでも刺激されたら弾けてしまう破裂寸前に膨らんだホウセンカの実のようだった。既に先端が濡れてきていて下着を汚しているのは明白だった。

「ちょっとトイレに行ってくるよ。クライアントでお茶を飲みすぎちゃったかな」

恒彦は席を立った。

愛美はトイレに行く中田の背中を見送ると、ガッツポーズを決めた。

チャンスよ！　お行儀悪く食べたいように食べるチャンスが来たわ！　いくら対象外の中田さんだったとしても、男性を目の前にして格好悪い食べ方なんてできないもの。中田さんがトイレに行っている間に、諦めかけてた肉をもっとほじくっちゃおうっと。

愛美は恒彦が戻ってくる前に骨の裏側の肉を食べてしまおうと再び豚の背骨と格闘し始めた。目の前どころか周囲にも人はいない。少しくらい音を立てても大丈夫、とばかりに愛美は音を立てて思い切り骨をしゃぶった。

恒彦はトイレの個室に駆け込んだ。素早く鍵をかける。

慌てているせいかいつもより手際の悪い手つきでベルトを外す。〈Sing Sing Sing〉の軽快なドラムのイントロが始まっていた。ベルトを外すと、もどかしくチャックを下しズボンを下げる。案の定、トランクスは染みを作っていた。恒彦はトランクスを下げ、硬くなった一物を外気に開放した。トランペットとサックスが鳴り始める。勃起した自分のモノを眺めて改めて驚く。何これ……。すごく大きいじゃないか。恒彦の一物は近年見たことのない硬さに天を向いてそそり立っていた。中年に差し掛かってから、こんな立派な勃起があっただろうか。こんなに大きく、こんなに硬く、こんなに天井を仰いでいる俺のコイツ。ああ、誰かに見せたい！　俺のコレ、こんなにすごいんだよ！　って誰かに見せつけたい！

クラリネットのソロが始まる。

恒彦は目を見開き、熱い肉棒を握った。

愛美は、骨を口の中に深く沈み込ませ、肉の間から生じる濃厚なスープを口に含み、飲み込んだ。少しだけ歯を立てて、そっと骨をこそぐ。わずかだが、肉のかすが口の中に残る。そのわずかな肉すら愛おしい。

恒彦は、肉棒をしごいた。触れなかった時とは違う、物理的な刺激により具体的な快感が走る。もう止まらない。恒彦の瞳には、脂にまみれて鈍い光を放った愛美の唇が骨を舐め尽くす様と、硬い肉棒が湿った口の中に沈み行く様が交互に混ざり合うように見えていた。一しごきする度に肉棒に体中のエネルギーが集中していく。先端からは透明な液体が滲み出て、恒彦の手が滑りやすく、そして更に快感が深まっていく。

〈Sing Sing Sing〉はクラリネットソロから総勢の演奏へと流れ移り、一気にクライマックスへ向かっていった。

愛美はこの鍋一番の複雑な骨を手にしていた。窪みがあって、その中にエキスが凝縮して詰まっているのはわかっていた。愛美は窪みにぎゅっと舌先を押し付けた。空気を抜いて舌を離すと僅かだが濃厚なエキスが舌先についてくる。もういっそのことこの大きな骨を全部口に入れてしまおう。そして思いっきり吸ってみよう。ダメだわ。あまりエキスは出てこないわ。名残惜しそうに骨をゆっくりと口から出すと、骨の裏側に舌先を這わせる。入り組んだ骨の隅に残る肉片へと舌先を突っ込み器用に掬い出す。

恒彦の肉棒が更に熱を帯びた。硬さが増し、ゴール間近を物語っていた。袋の中の芯が上り始める。ホーンセクションもドラムも一斉にリズムに乗って掛け合い奏でる。

愛美は肉の筋を堪能していた。舌を這わせ、スープで湿らせて再び口に含み、一気に吸いながら口から出す。丸みを帯びた骨の端にも舌を這わせ、もう一度口に含んで舌を転がし、ジュッと吸った。大きく張り出した骨の一部を口に含み、更に強く吸った。

恒彦はラストスパートで手の動きを速めた。ドラムが一世一代のソロを始める。凄まじい連打のテクニックが恒彦の心臓の連打とシンクロする。硬い肉棒が付け根まで愛美の口の中に入っていく。フィニッシュは近い。愛美の頭が激しく前後に動く。恒彦は手の動きを速めた。一気に中の物を外へ放出しようと、熱い肉棒全体が一瞬太くなった。

「……っ！」

恒彦は漏れ出る声を堪え、快感の波の先端に乗っていた。荒ぶる肉棒を荒ぶるままにさせていた。もはやコントロール不能な肉棒からは信じられないような量の体液があふれ出た。ああ、終わった……。

一気にフィニッシュを迎えた喜びに、恒彦は国旗を背負いウィニングランをしていた。脳内BGMはたちまち〈Summer of '42〉（思い出の夏）へと切り替わる。そして大地にキスをした。

「ありがとう！　ありがとう！」

感謝を口にしながら、表彰台に上ると、勝者インタビューに応える。

「難しい戦いでしたが、チャンスを逃さず作戦通りに戦う冷静さを失わなかったことが、今回の勝利への鍵となったと思います！　本当にありがとうございました！」

ひと際歓声が大きく湧いた――。

ああ、お腹いっぱい。中田さんのいない間にすっかり鍋とご飯を完食した。戻ってくるのが案外遅かったから、すっかり楽しめたわ。

手を拭きながら恒彦が戻ってきた。

「お待たせ。あ、食べ終わった？　じゃあ行こうか」

「あ、はい、ごちそうさまでした！」

恒彦はレジに向かった。

愛美は恒彦の残した石鍋の中を名残惜しそうに眺めながら、恒彦の後をついていった。

午後の仕事も頑張ろうっと。

闇プロレス

研究室の実験機材から少し離れた一角に、学生たちが「寛ぎの間」と呼んでいる空間がある。そこは背の高い本棚が立ち並び、本棚と本棚の間に古い穴の開いたソファと誰かがテーブル代わりに何かの木箱を置いただけの空間で、暗く窓もなく全然寛げる要素はないのだが学生にとっては研究の合間の気分転換の場所となっていた。

昨年、蒼佑たちが大学に入って三度目の秋を迎えた頃だった。蒼佑、蓮太、拓久は三人で「寛ぎの間」のソファで窮屈そうに三人横並びに座って話をしていた。やんちゃな蓮太を中央に、その両脇に蒼佑と拓久が腰かける。いつの間にかこれが三人の定番の座り方となっていた。

「結局、今年も童貞のまま夏が終わったな」

蒼佑はため息をついた。

「あ、ああ。お、終わったな」

拓久はずり下がった眼鏡を不器用そうな太い指で元に戻した。

「俺、大学に入ったら夏には彼女が出来て、すっげーリア充の予定だったのになぁ！」

蓮太がそう言って天井を仰いだ。三人にとって、童貞喪失はこの夏の悲願であった。

「蓮太、それは無理だ。なぜ俺たちはまだ童貞なのか、俺は反省したんだ。まず、俺たちの服装を見てみろ」

「ふ、ふ、チ、チェックのシャツにジーンズ。さ、三人とも」

「あれ？　なんで蒼佑も拓久も俺のファッション真似してんの？」

「真似じゃない。理系男子は知らず知らずのうちにチェックのシャツとジーパンを履いてしまうものなんだ。見てみろ。研究室はチェック柄で埋め尽くされてるだろ」

「ふ、ふ、チ、チェック人口多すぎ」

すると、おもむろに蓮太が膝を叩いた。

「俺！　童貞のまま修士課程になんか進みたくねーよ！　俺は学士を卒業したいんじゃねー！　童貞を卒業したいんだ！」

「きゅ、急に？」

「お前、もう卒研のテーマ決まったの？　てか、お前、修士行けるの？」

「なんにも決まってないよ！　俺はおっぱいから卒研テーマのインスピレーションを得る！」

「い、意味がわからない。ぐ、具体的にど、どんなインスピレ」

遮るように蒼佑が言葉を挟む。

「いや、拓久、蓮太。おっぱいの前に、俺たちは恋を探さなくちゃいけない」

二人が同時に「恋？」と蒼佑を振り向く。

「恋人が出来れば、自動的に童貞も卒業だ。こんなことはもう何万回も話してきたよな。でも、恋人を作るには恋という相互作用が前提だろ」

「で、でもどうやって？」

「恋ってどこにあんの？　やらせてくれんの？」

「俺は考えた。恋の姿は捉えることが出来ない。でも、恋が高速で遠ざかっていたら、赤方偏移が生じて赤色にズレてその姿を捉えることが出来るはずだ。俺には赤色の恋は見えてない。つまり、俺から恋は遠ざかっていない。探せば見つかるはずだ」

「と、ということは、こ、恋が近づいて来たら、あ、青色に見えるはず」

「すっげー高速なんだろ？　あっという間に遠ざかるんじゃね？」

「蓮太……お前はごく稀だがいろいろ鋭い」

「ぶはは！　れ、蓮太は一生、ど、童貞かもな」

珍しく拓久が声をあげて笑った。この時、蒼佑は自分に振りかかる運命のことなど知る由もなかった。まさか、三人にあんな奇妙な体験が待ち構えているとは――。

プロレス会場は雑居ビル内のワンフロアを使い切った形で準備されていた。中央のリングはパイプ椅子で囲まれており、既に集まっている観客たちが試合開始を今か今かと待ち構えていた。

それまで会場には騒々しい音楽が流れていたが、唐突にその音が止まり、照明がすべて落ちる。その直後に、リングの向こうに目が開けていられないほどの眩しいライトがいくつも点灯した。

観客席から割れんばかりの野太い歓声が上がった。会場は異様な熱気に包まれていた。モヒカン頭の男が立ち上がって叫び、顔を真っ赤にした男がパイプ椅子を激しく揺らし、目の前に座っていた男は何か呪文を唱えながら自らのＴシャツを引きちぎった。

「プロレスなのにこの騒ぎ……？　一体何が始まるんだ」

蒼佑は守るように身を硬くした。

拓久が「お、俺たち大丈夫かな……」と不安を口にする。蓮太が「あの人、舌にピアス刺してるぅ、恐いぃ」と半ば泣き声を漏らす。

「恐くなんてない。全然恐くなんてない。むしろ、ピアスは恐くないだろ」

蒼佑は自分に言い聞かせるように二人に声をかけた。絶対に途中で帰ってはならない。チケットを渡されたときにそう言われたのだ。しかし、引き返そうにもこの熱狂的な人混みと空気の中で、途中退場することは相当困難なことのように思えた。

どこからともなく速いテンポのドラムが会場に響き渡る。歓声が一瞬止む。「お待たせいたしました！　選手、入場です！」

それと同時に入場テーマ曲のディジー・ガレスピーの〈Bebop〉が場内に流れると、眩しいライトの元に人影が立った。トランペットとサックスの高速ユニゾンが男臭い会場を一気にアーバンな空気へと一変させる。しかし、それを引き裂くように興奮した観客たちの獣のような歓声が更に大きく響いた。蒼佑たちはこれから起こる未知の体験に固唾を呑んで身構えた。

一週間前、三人は春休みなのにも関わらず、緊急招集をかけて大学に集まった。春休みの大学は人影もまばらで、六十三号館のホワイエでは普段よりも声がよく響いた。三人はホワイエのロングシートに腰を掛けて、それぞれがもらったチケットを互いににじっと眺めていた。

「行ってみるか」

ふと、蒼佑が天井を仰ぎ、自分のチケットを指で弾いた。

「イエス！　行こうぜ！　俺、バイト休むよ」

寝そべるように座っていた蓮太が飛び起きて身を乗り出してくる。

その横にいる拓久はパックジュースをきつく握りしめ、ずり下がった眼鏡の下で鼻の穴を膨らませながら二度頷いた。

三人が手にしているのはプロレスのチケットだった。彼らはそれぞれ別の場所で、まったく見ず知らずの人物からこのチケットを手に入れていた。プロレスのチケットと言っても、かなり怪しいプロレスであることは間違いなかった。それは、それぞれが手にした経緯、場所からも容易に察しがついた。しかしこの時は、得体のしれないプロレスに対する好奇心の方が躊躇する気持ちよりも強かった。三人は、チケットに記載されたあの単語に淡い期待を寄せていた。

前日――。

拓久のバイト先である焼き肉屋は、場所柄のせいかキャバ嬢が多く訪れる。彼女たちはよく拓久にぶつかる。それは、自分が彼女たちにとってまったく視界に入らない小さな存在であることを表していた。拓久は自分が非モテ系であることを自認していた。

その日も、拓久は焼き肉屋のバイトだった。網の交換をしようと、あるテーブルについた時だった。

「お前、このチケットやるから行ってこいよ」

唐突に、整髪剤で光った髪を後ろに撫でつけた男が、派手に頭を盛った女の子たち

を侍らせながら声を掛けてきた。派手な女の子たちが「なんのチケットぉ？」と覗き込むと男はチケットを高く上げ、

「お前らには関係ないの。プロレスのチケットだよ。どうせ興味ないだろ？」

拓久は交換するべき網を持ちながらずり下がった眼鏡を直すこともなく固まっていた。肉の脂が焦げる匂いと女の香水と煙が目に染みた。背後でスタンダードジャズの〈On a clear day〉が流れていた。「頭を上げ、周りを見てごらんなさい。今まで聞いたこともない世界の奏でる音が、方々から聞こえるでしょう」それはまるで、今後の拓久を予言するかのようだった。

「ほらよ。絶対に行けよ。途中退場は厳禁だぜ」

男は睨みを利かせながら、拓久の胸にチケットを叩きつけるように渡してきた。拓久は、その鋭い眼光にひるみ、おずおずとチケットを受け取るしかなかった。

バイトの終了後、控室でまじまじとそのチケットを眺めた。黒と赤でデザインされたチケットには〝コブラ × ボイン 大好評！　空中ショー再び！〟と書かれていた。

「ボ、ボイン？　い、意味がわからない……」

チケットに書かれた文言は拓久の思考の限界を上回りすぎていた。行かなかったらどうなるんだろう。何か恐ろしいことでも起こるのだろうか。拓久はずり落ちた眼鏡を直すと、素早くチケットをジーンズのポケットに突っ込んだ。

その日、蓮太はパチンコを打っていた。フィーバーが来るたびに女戦士が薄着になっていく台が蓮太のお気に入りだった。それは、まさに女戦士が脱ぎまくりの激アツフィーバーに突入した時だった。

「兄ちゃん、これやるよ」

屈強な体に黒のタンクトップを着た金髪頭の男がチケットを蓮太の胸元へ押し付けてきた。

「え？　え？　何？」

「いいから！　いいもんだから！　プロレスな！　絶対行けよ！　途中で逃げ出すなよ！」

金髪男は強引に蓮太のチェック柄シャツの胸ポケットへチケットを押し込むと、足早にその場を去っていった。

「えー……？」

蓮太は激アツな台から離れることもできず、チケットを受け取るしかなかった。あとでチケットを見てみると、赤と黒の背景に黄色の炎のような文字で〝コブラ×ボイン　大好評！　空中ショー再び！〟と書かれていた。

「ボインって何？」

蓮太は女戦士がじれったく脱いでいくアニメーションをぼうっと眺めていた。


蒼佑はその日、男子中学生の家庭教師のバイトだった。第一志望の高校に落ちたにも関わらず、この生徒はのほほんとしていた。

「第二志望は受かるっしょ」

そう言いながら学習椅子に座ってくるっと回って見せた。

一生懸命教えても、本人に自覚がなければ俺の教えたことなんて意味がない。受験は甘くないのだよ。俺は必死に勉強したよ。あの時の俺は集中の塊だったね。

蒼佑はこの若さで、永遠に潤うことのない砂漠に水をやるような虚しさを覚えながら、生徒の頭の上に手を置いた。

「必死になってやれよ。もう落ちるなよ」

蒼佑は生徒の部屋を出た。生徒の母親が申し訳なさそうに「うちの息子がすみません」と頭を下げて、その日の家庭教師代の入った茶封筒をくれた。蒼佑はお礼を言って玄関を後にした。

さて、バイト代も入ったことだし飯でも食って帰ろうかなと表通りに出たとたん、背後から何者かにぶつかられ、その拍子に激しく転んでしまった。

「すみません！　大丈夫ですか？」

ささやくような声で、全身白づくめのフードをかぶったパーカー着の小柄な男が素早く手をさし伸べる。

「……（いってぇ）」

蒼佑は出された手をつかんで起き上がった。ずいぶんと華奢な手だ。男はパーカーの襟で顎を隠し、その上ずいぶん深くフードをかぶっていた。そのためどんな顔つきなのかもわからなかったが、蒼佑が起き上がった後も正面から動かず、明らかに何か言いたげだった。

「あの、あの！　お詫びにこれ……」

ささやくような声で、細長い紙切れを渡してきた。

「あ、大丈夫です。平気ですから」

「いや、でも、これ。もらってください。絶対面白いですから！」

「なんて？　声が小さくて聞こえませんよ。これは、いらないです」

「困ります！　もらってください！」

少し声が大きくなる。蒼佑はその時、何か違和感を覚えたがあまりに唐突な出来事に混乱していて気に留めなかった。軽い押し問答の中、小柄な割に男は力強く蒼佑の腕を押しのけ、強引に蒼佑の上着のポケットに紙切れを突っ込むと、素早く蒼佑の元から走り逃げた。途中で振り返り、

「絶対に足を運んでくださいね！　途中退場は厳禁ですよ！」

と遠くから告げると、再びその場を走り去っていった。

「あれ？　女……？　っていうか、なんだよ、これ……」

呆気にとられながら突っ込まれた紙を取り出すと、それは赤と黒のデザインで黄色い文字が書かれた何かのチケットだった。

「ああ？　コブラ × ボイン……？　ボインって何……？」

蒼佑はことの顛末を拓久と蓮太にラインで伝えようと、スマホを取り出した。すると、蒼佑のバイト中に行われていた二人の激しいやり取りが表示された。二人は蒼佑と同様、見知らぬ男からチケットをもらった、と騒いでいた。蓮太が早々にあの意味不明な言葉、ボインの意味についてネットで調べてくれていた。

〝豊かな乳房！　巨乳、爆乳のことだって！〟

蒼佑は冷静を装いながら、自分も同じチケットをもらったと告げた。三人ともチケットの写真を送信して、それが同じ日付の同じイベントのチケットであることを確認した。二人のやり取りから、チケットはプロレスのものだということがわかった。

〝起こったことを確認し合おう。明日、大学に用事があるから大学で会おうぜ〟

そう送った後、蒼佑はまじまじとチケットを眺めた。ボイン、つまり、豊かな乳房か。辞書が言うところの豊かな乳房に俺が人生で一番近づいたのは、きっと母親の母乳を飲んでいた時だけだ。しかも、自分にはまったく記憶にない。蒼佑は、しばしボインに思いを馳せた。

会場は、繁華街の中の雑居ビルの中にあった。入り口に、蛙のような顔をした異様に背の低い小男がシルクハットに燕尾服といういでたちで来る客を出迎えていた。上着は普通サイズのようだが、男の身長があまりに低いので裾が床について汚れていた。チケットをもぎりながら、甲高く気味の悪い声で「はい、どうぞお入りください」と客をその先の暗がりへ促す。蒼佑たちが恐る恐るチケットを男に渡すと、男は蒼佑の顔をふと見上げ、小馬鹿にするように唇の端を少し上げた。その表情は他にどんな深い意味があるのか蒼佑にはわからない。

中に入ると、中央のリングをたくさんのパイプ椅子で囲まれた会場は満席だった。百席くらいあるだろうか。蒼佑たちが怯えながら席に着いて間もなくすると、暗闇を引き裂くように眩しいライトが点灯し、耳障りなアナウンスが響き渡った。

「青コーナー、ビッグスネイキー・コブラーーー!!」

登場テーマ曲と共に割れんばかりの歓声に迎えられ、男がウォーミングアップをしながらリングに登場した。男はトレードマークとおぼしき青いコブラが大胆に刺繍された銀のマントを羽織っていた。ブーツを履いた足元は出ているものの、その肉体は大きなマントですっぽりと覆われていて、外側からは全く見ることができない。男は四方の観客たちに挨拶するようにぐるりとリングを一周した。

「あ、ああ！　あ、あれだよ！　あの人だよ！　お、俺にチケットを渡してきたの！」

拓久は眼鏡がずり下がっているのを直しながら、リングに向かって指をさした。鼻には汗の粒が光っていた。指さした先の男は、髪の毛をオールバックに撫でつけていた。

「え？　あいつが拓久にチケット渡してきたの？」

ということは、俺や蓮太にチケットを押し付けてきたやつもリングに上がるのだろうか。

「続きまして、対戦相手の入場です！　赤コーナー、マグナムローディー・コブラーーー!!」

入場テーマ曲のディアブロ・スウィング・オーケストラの〈The Butcher's Ballroom〉が流れる。ゴシックっぽいジャズメタルの音楽に、会場の空気が奇妙な熱狂に包まれる。白いライトの向こうから赤いマントに身を隠した金髪頭の男が登場する。こちらのマントにも今にも人を喰らいそうな恐ろしいコブラが刺繍されている。

「どっちもコブラって……」

蒼佑があっけにとられている隣で、蓮太が愕然としている。

蓮太はその日のことを思い出さんとばかりに両手を頭の上に乗せ、そして確信するかのように頷いた。

「あの金髪頭……。俺にチケット渡してきたやつだ……」

蓮太があんぐりと口を開き、リングを指さして驚いている。まじか……。拓久も蓮太も、チケットを渡してきたやつがリングに上がっている。ということは、俺にチケットを渡してきたやつもきっとリングに上がるのだろうか。

蒼佑は落ち着かない様子で辺りを素早く見まわした。もちろん、こんな大勢の群衆の中から目当ての人物を見つけられるはずもなく、蒼佑の心は落ち着かなかった。何か大事なことを見落としているような気がしていた。

カーン！

ゴングが鳴った。

試合が始まり、場内が静まり返っていく。両者コブラはマントに身を隠したまま、リングをゆっくりと回りながら、お互いにらみ合っている。

「ボ、ボインはいつ……」

「蒼佑、この展開でどうボインが出てくるの？」

両隣の二人が蒼佑に尋ねる。蒼佑はこの状況でまだボインについて言及できる二人が信じられなかった。マントで体を隠しながら睨み合うコブラを前に、もはやボインの出る幕ではない。

しかし、そうか！　俺にチケットを渡してきたやつは……。

「ボインは」

蒼佑が言いかけた時、リングからマグナムの怒号が響き渡った。それに張り合うようにスネイキーが怒号を返す。両者は向き合い、仁王立ちになった。つかみかかるのか、と思ったその時、マグナムがマントを投げた。スネイキーもマントを投げた。

ここで蒼佑たちは自分たちの目を疑う光景を目の前にする。二人のコブラは、ブーツは履いているものの、全裸だったのだ。更に、両者の股間は著しく体積が増大し、相手を威嚇するかのようにそそり立っていた。その様子はコブラの威嚇行動そのものであった。

「シャーーー！」

「蓮太、心の中の擬音が洩れてるぞ」

「そ、それは蛇の声だな」

反り返ったそれは、鬼頭の部分が蛇の頭のように相手に向かって揺れていた。スネイキーが両手を上げ、自分をより大きく見せようと相手を威嚇する。マグナムは力強い自分をアピールするかのように腰を突き上げた。

「プ、プロレスなんだよな、これ」

「……そんなわけないだろう」

「じゃ、これなんなの？　っていうか、あの大きさ、すげーよ。俺、あいつらのチンカスにも及ばないかも……」

蓮太が自信喪失するのも仕方がないくらい、レスラーの股間は巨大な天狗の鼻のように大きかった。いやもう、大きいなどという陳腐な表現では許されないサイズである。そして、それは力強く天を仰いでいるのだ。

マグナムが仕掛けた。マグナムが大きくジャンプし勢いよく着地すると、勃起した竿が思い切り腿に当たり、つき立てのお餅をまな板に叩きつけたような音がした。スネイキーも負けてはいない。オールバックに撫でつけたヘアスタイルとは裏腹に、スケート選手のような華麗なスピンをして見せた。スネイキーの股間で規則正しい拍手のような音がする。

「こ、これ、ど、どういうことで、しょ、勝敗が決まるの」

拓久の言うとおりだった。しかし、蒼佑の周りにいる観客たちは試合のルールを十分に承知しているようだった。背後や前にいる観客たちの間から「しなやかだ」とか「素晴らしい」などという声が聞こえてくる。

「わからない。全然わからない。俺たち、何を見てるんだ?」

「男のチンチンだろ。すげーよな。こんなでっかいの、本当にあるんだな」

蓮太は純粋にその大きさに感動しているようだった。蒼佑は、いろいろともやもやしていた。試合の展開も、自分にチケットを渡してきた人物についても、そして、気持ちとは裏腹に自分の体が反応してしまっていることにも。リングの上では、コブラたちが己のコブラを自力で上下に動かしたり、回転させたり、時には激しい動きで、場内に平たいもので腿を打ち付ける音が響いた。そのたび、観客たちが低い声でざわめくのだ。会場は熱気に満ちていて暑かった。少し小太りの拓久はさっきからひっきりなしにタオルで顔の汗を拭いている。蒼佑は勃起している男たちを見て、自分もそれに同調するかのように股間が熱く硬くなるのを恥ずかしく思った。拓久や蓮太も勃起しているのだろうか。両隣の友人の股間へ視線を送るが、判別できなかった。蒼佑は自分の体の変化に気づかれまいと何度も座りなおしたり足を組み直したりしたが、一向にオリジナルサイズには戻ってくれなかった。

事態が展開を見せたのは、両者の威嚇が膠着状態になってからしばらくしてからだった。観客の間から「下がってきている」という声が聞こえた時だった。マグナムが怒号と共に股間を力強く天に突き上げた。スネイキーが絞るような唸り声をあげながら、股間を天に突くもののそれは歴然とマグナムの傾きよりも劣っていた。下がっているというのは、勃起状態に減衰が見られてきたということだった。

カーンカーンカーン！

試合終了のゴングが鳴る。スネイキーが膝を落とし、マグナムが片手を挙げた。観客からどよめきの声が上がる。その時だった。会場がまたしても暗転したのだ。突然の暗闇にまったく周囲が見えなくなった。試合終了にしてはあまりにも呆気ない。しかし、観客はこの展開を承知しているようで、次に起こることを待ちかねているように会場は期待を込めたささやき声で満たされていった。

蒼佑はこの謎めいた状況が呑み込めないでいた。

今の何？　試合は終わったの？　あれで終わりなの？　なんなんだ？

気持ちを落ち着かせようと静かに深呼吸した。蓮太は隣で「何何何？　どっちが勝ったの？　何が起こるの？」と結構この場を楽しんでいる様子だった。反対の隣からは拓久も動揺しているのか、ため息にも近い深い鼻息が聞こえてくる。

唐突とも言えるタイミングで暗闇にオリビア・ニュートン・ジョンの〈Physical〉が流れた。戦いの場にはまったく相応しくない音楽だ。会場から拍手と歓声が湧いた。先ほどの戦いが嘘のように会場は牧歌的な空気に包まれた。その時だった。リングの足元にある四つの照明が天井を照らした。

そこに現れたのは、天井から赤い紐を片足に絡めながら宙釣りになった生まれたままの姿をした女性だった。隣で拓久が声にならない声を上げた。蓮太がガッツポーズして「ボインってこれだよな」と言い寄った。蒼佑は、確認はできないがこの女性が自分にチケットを渡してきた人物なのだろうと思った。確かに、振り返って遠くから声をかけられた時に聞いたのは、女性のような声だった気がする。そして、小柄だった。蒼佑は、華奢な手を握ったその感覚を思い出した。

女だったのか……。

パーカー姿の時には察することができなかったが、宙づりになった彼女は引き締まった体をしながらも、豊かな乳房をしていた。後ろに束ねた長い髪が地球の引力のままに真下に向かって垂れ下がっていた。彼女が自分の足をたぐりよせ、今度は足首に巻いた紐を足掛かりに紐をつかんで空中に直立する。もう片方の足も紐に絡ませ、横にねじれた体を紐に押し付けながら、ゆっくりと回転していく。押し付けられた胸が紐に潰され、淫らに歪んでいた。

蒼佑はネットで何度もエッチな動画を観ていたが、本物の乳首は初めてだった。何メートルも離れていても、それは紛れもなくライブの乳首だった。週刊誌で星になっている二つの部分が明かされ、こんなふうになっていたのかと改めて認識する喜びと、大勢で乳首を見ているという不道徳さが入り混じって複雑な気持ちだった。しかし、女の姿は神々しいほどに美しかった。

「け、毛がない」

拓久の言葉に視線を彼女の股間に走らせる。ぷっくりとした割れ目にはあるべき毛が生えていなかった。

「毛ってないほうがいいよね！」

蓮太はどこまでも無邪気だった。

こいつ、小学生か中学生程度の底の浅さなのでは……。

蒼佑がいぶかっていると、蓮太がもぞもぞと動き「大きくなっちゃうね！」とささやいた。カーゴパンツの中央は不自然に突き出ていた。

こいつは自由でいいな。俺が何度も足を組み直して隠そうとしているものを、隠そうともしないんだもの。

いつの間にか音楽は止み、女の動きはアクロバティックな動きから次第にゆっくりとした艶めかしい動作に変化してきた。腕に紐を絡ませ、足に絡ませ、まるで紐を愛撫するかのように腰をくねらせる。会場は静まり返っていた。スポットライトが彼女だけを照らし、彼女が動くたびに体の隅々までもが晒されていく。脇が胸の膨らみを強調するかのように深く窪み、釣鐘のように張った胸元がライトに輝いていた。乳房の上端には濃いベージュの乳首が花の蕾のように上を向き、彼女が紐と戯れるたびに乳房全体がいじらしく揺れた。その下の臍は縦長に形よく腹に居座り、そのすぐ下はなだらかに膨らんだ丘が先端で二つに割けている。すらりと伸びた二本の脚。彼女がくるりと回ると見えるその背中には一本の窪みが伸びていて、腰の部分は胸の膨らみとは裏腹にくびれており、その先にはち切れんばかりの真っ白な二つの隆起は美しい曲線を描いていた。天井に近かった彼女が、片方の足首を手に持ちながら大きく上げ、もう一方の足と腕を器用に紐に絡ませながらリングに向かって下がっていく。既にリングにコブラたちの姿はなく、奇妙な戦いが繰り広げられていた時の空気とはまったく異質のものがそこに流れていた。

音もなくリングに足が着いても、彼女は紐に絡みついたままだった。片手で紐をしっかりと持ち、すばやく回転し、自分の体に紐を巻き付ける。紐と紐の間に釣鐘型の胸が挟まり、乳房が屈辱的に紐の隙間から飛び出した。引き締まっていながらも肉付きのいい尻が紐の間で無様に歪んだ。彼女はそのままの姿勢でゆっくりと回転し、観客にその肢体を見せつける。

蒼佑たち三人は押し黙っていた。心臓の鼓動が早かった。呼吸が浅いのに、息の音すら立ててはいけないような気がした。蒼佑は、痛さすら感じるほど硬くなった股間を持て余した。隔離された空間とは言え、公衆の面前で硬くなった陰茎を窮屈なところから引っ張り出すなど、到底できることではなかった。ただもう滾る血流が若さに任せて一所に集まっていくだけだった。そして、そのエネルギーは行き場がなく、もがいていた。

彼女が紐を緩めると、紐の締め付けから解放される二つの乳房が勢いよく揺れた。彼女がリングにしなだれるように倒れて紐を軽く引っ張ると、それが合図だったかのように紐が天井から離れ、彼女の体の上に落ちてきた。仰向けになってもまだなお上を向く張りのある胸の上に赤い紐が生き物のように這っているようだ。艶美の一言に尽きる。

彼女が束ねていた髪をほどく。その姿は、まるでこれから夜伽《よとぎ》に向かう女の姿のようだった。ほどなくリングの脇から、覆面をかぶった一人の全裸の男がリングに上がってきた。男は勃起していた。

なんなんだよ。あのリングの上に立つ男は全員勃起してなきゃいけないのか。勃起したちんこってそんなに人に見せるものじゃないだろ。

蒼佑の中で背徳心が膨らみ過ぎて、生き物の姿をして口から出てきそうだった。

蒼佑の異議には関係なく、リング上では次の展開が始まっている。

男は裸の女の腰を持ち、いともたやすく頭上に持ち上げた。彼女は男の頭の上にあおむけになり、まるで宙を飛んでいるかのように両手を前に広げ、足を伸ばした。その足を前後左右に広げると、男がそれを観客に見せるようにゆっくりと回転する。周囲は静まり返り、観客たちの生唾を飲み込む音が聞こえてきそうだった。

女性の一番の秘部が赤裸々に見えた時、蒼佑は泣きたかった。

こんなふうに女性のアソコを見てしまうとは……。見たかった。ずっと見たかった。でも、こんなふうじゃなかった。俺は、もっとロマンチックな流れで対面できるとばかり思ってた。もっと近くて、もっと体温を感じるものだと思ってた。みんな一緒に見てるんだもの。俺だけのために見せてくれてるんじゃないんだもの。

自分の理想とのギャップとは裏腹に、自分の体は生命の営みに正直に反応していた。拓久を見ると、眼鏡はずり下がったまま、口を半開きにし、大きなショックを受けているようだった。

それはそうだろう。俺より奥手の拓久には刺激が強すぎる。俺にだって衝撃的なんだもの。こいつ、もう普通の刺激じゃ満足できないかもしれないな。

蒼佑はめいっぱい憐みの視線を拓久に送ると、蓮太を振り返る。そして、蓮太のその状況に自分の目を疑った。

おい！　こいつ、引っ張り出しちゃってるよ！　握っちゃってるよ！　動かしちゃってるよ！　すげーよ、蓮太。お前、やっぱゴリラ並みの無垢さだわ。

しかし、周囲でもそのような行動をしている観客はちらほらいるようだった。蒼佑にはまったく理解出来ない行動だった。

無理無理無理。俺、絶対、無理。

リングの上では、仁王立ちする男の足に彼女が体を絡ませていた。男の腿の付け根まで指を伸ばすくせに、股間には触れない。硬くなった一物に限りなく唇を近づけ、指を這わそうとするくせに、一物には触れない。じれったい動作を繰り返し、今度は赤い紐を男の一物の先端に結び付けた。上手な蝶々結びだった。その様子に彼女は少し微笑み、挑発するようにお尻を高く男に向けた。男がリングの周りにいる観衆たちに向かって高々と指を挙げた。そのとたん、観客が大きく騒めき、次から次へと「私に！」「俺だ！」「頼む！」などという言葉が上がる。

再びリングが暗転した。続いて、ドラムロールの音が流れ、二つのスポットライトが会場を舐めるように照らし出す。観客たちの間から悲鳴のような懇願の声が上がり、中には席を立ちあがって手を挙げて自分をアピールする者もいた。熱気に包まれた会場は興奮のピークだった。

「これからが本番なのだよ」

蒼佑の背後から何者かが耳元でささやいた。

振り返るよりも先に、ドラムロールがシンバルのジャーンという音と共に止まり、スポットライトが蒼佑を照らした。

「はいぃぃっ!?」

何？　何で俺？　俺が何？　スポットライト、何？　俺？　何？　は？

蒼佑は状況が呑み込めない。拓久は自分に少しでも光が当たらないようにできる限り蒼佑から離れようと体をよじって伏せていた。蓮太は口を開けて蒼佑を見ている。会場からは落胆の声が漏れ、ささやくように「あいつだって」と蒼佑を注目する声が上がっている。

「や、やめて……」

背後から二人の覆面全裸の男がやってきて、蒼佑の両脇を抑えた。がたいの大きな男たちは、軽々と蒼佑を抱えリングに向かう。蒼佑は成すすべもなく空中で足をもがいた。その間もずっとスポットライトが蒼佑を照らし続けている。

男たちは蒼佑をリングに上げると、まるで試合の勝者のように蒼佑の両手を挙げた。観客たちから割れんばかりの拍手が起こる。「兄ちゃん、初めてなんだろ!?」などとヤジが飛ぶ。

いろいろ初めてだよ……。っていうか、普通にこんなの初めてだろ。

蒼佑は完全に怯えていた。もはや、ここから逃げ出すという発想すら浮かばないほどに混乱していた。両手を持ち上げられながら、蒼佑は下を向いた。男たちが履いているブーツはけっこう手の込んだカウボーイブーツであることがわかった。そのことに集中して、自分が今浴びているスポットライトの温かさなど、忘れてしまいたかった。

男が蒼佑の両手を下げる。スポットライトがピンク色に変わり、小鳥のさえずりが

ＢＧＭとして流れ始めた。複数のピンクの丸がそれぞれ八の字を描くようにバラバラに動き始めた。ライトが女の体を通過する時だけ、彼女の肌が暗闇に浮かぶ。彼女はしなだれるように腿を投げだし、ほんの一メートルも離れていないところで蒼佑を向いて座っていた。

先ほどまで他人事とも言える距離にいた彼女が、一糸まとわぬ姿で、自分の目の前にいる。蒼佑は顔を見られないように下を向いた。俯きながら蒼佑は、こっそり薄明りに浮かぶ彼女の太ももから腰のラインを盗み見た。我慢できず、次第に視線を上げていく。

白い体に乳の影が映っていた。長い髪の毛が膨らみにかかり、釣鐘状の膨らみに黒い筋を描いていた。膨らみの先端は硬くなって上を向いている。その上には美しい鎖骨が浮いており、長い首から顎にかけてしっとりとした滑らかな肌が艶めかしく輝いていた。視線を更に上げると、女の顔が薄明りに浮かんでいた。

彼女は蒼佑をじっと眺めていた。女の顔は思ったよりもずっと小さく、大きいと思っていた瞳は涼しげだった。すっと通った鼻の下には膨よかな二枚の唇が何かを言いたげに小さく開いていた。ほの暗いリングの上で、蒼佑は彼女の姿から目が離せないでいた。

女が動き、蒼佑に這うように近づいてきた。両脇の男たちが手際よく、そして手早く蒼佑の服を脱がす。抵抗する隙もないまま、蒼佑は丸裸にされてしまった。

俺は覆面なしですっぽんぽんかよ！　だったら靴下は脱がしてくれよ！

蒼佑は自由になった両手で顔を覆った。

拓久も蓮太も俺のこの姿を見てどう思うのだろうか。俺は、公衆の面前で裸になり、そして勃起している。こんな姿を見られて俺は……。

蒼佑は涙が出てきそうだった。

「顔を見せて」

女が蒼佑にだけ聞こえるかのようにささやいた。

蒼佑は首を振った。女が言う「大丈夫だから」という声があまりに甘く、蒼佑はその顔が見たくて、でも自分の顔は見られたくなくて、指の隙間から彼女の顔を見た。かわいかった。蒼佑は、そっと手を顔から離した。周囲を見回すと、覆面の男たちはリング外で蒼佑を見守っていた。男たちは勃起していなかった。もはや孤立無援状態だった。蒼佑はリングの上でただ一人勃起する男として最高に孤独な状態だった。

寒い。なんか寒いよ。ちんこの先が寒いよ……。

熱いマグマを抱えたペニスが天を仰ぎ、未知の行為を今か今かと待ち望んでいた。その姿は、暗闇に立ちはだかる大熊に戦いを挑もうとするチワワのようであった。

「私だけを見て」

女が勃起する蒼佑の陰茎の下から蒼佑を見上げる。

うわぁ、そんな顔をして俺を見ないでくれ。

女は、蒼佑の心の抵抗など知る由もない。蒼佑の硬くなった先端に細い指の腹を優しく押し付けた。先端から漏れ出る透明な液体を巧みに使い、鬼頭の裏側へと指を這わす。

ダメだ、ダメだ。快感に身を任せてはダメだ！　念じろ、俺。何か念じろ！　負けてはダメだ！

蒼佑は誰にも聞こえないように山手線の駅を東京駅から順番に唱えていった。

女は蒼佑の童貞線を刺激した後、滑らかに筋に沿って指を移動させる。

ぐはっ！　まだ浜松町なのに……！

蒼佑は歯を食いしばった。人前で果てる自分を晒すことだけは避けたかった。

大崎、五反田……　め、目黒……。

なんとか踏みとどまった。蒼佑は、既に長いこと陰茎を硬くしたままだった。窮屈な服の下からは解放されたものの、公衆の面前に自分のペニスを晒され、あり得ない状況に置かれてもまだなお衰えることのない自分のポテンシャルが恨めしかった。

今ならコブラに勝てる。

蒼佑はそう思うことで、自分の自尊心を支えるしかなかった。

女は更に蒼佑を指で刺激しようとしたが、突然動きを止め、蒼佑を見上げた。

「もう限界ね」

彼女はそう言うと、蒼佑に尻を向けて四つん這いになった。たわわな二つの膨らみの間に、蒼佑が心の奥底で願い続けていた、学士卒業までには必ずと決心してきた、あの大人への扉が目の前にあった。扉はもう十分なくらい湿っているように見えた。

見たかった。触りたかった。入れたかった。それがここにある。こんな状況で、目の前にある。でもダメだ。どんなに願ってたって、今はダメだ。

蒼佑は歯を食いしばった。

め、目黒……　ええびぃすうぅ……　しぃぃぃぶぅぅぅ……。

目をつぶっていた蒼佑の、あの熱い先端に、温かいものが触れた。

目を開けると、彼女が濡れた秘部を蒼佑の先端に押し付けていた。まさに、今、大人の扉を蒼佑のモノが突き破ろうとしていた。蒼佑の心は強く抵抗していたが、生の営みへの衝動の方が強かった。理性を働かせようにも、扉には何か別の力が働いているかのような強い引力があった。蒼佑の中で、今置かれている自分の状況、長いこと我慢してきた欲求、目の前の抗いがたいほどに美しい裸体がスパークし、頭の中が真っ白になった。

も、もうダメだ……。

蒼佑の理性が白旗を上げ、突き動かす衝動に身を任そうとしたその瞬間。

蒼佑の先端から止めどなく白い液体が迸る。止まらない。

もう止められない。扉の向こうへ行く前に、俺の中のゴングが鳴った。終わった。試合終了。解散。観客たちから罵声とあざけりの声を浴びせられ、蒼佑は明日のジョーの最終回のように白い灰になった。観客たちの声が遠くなる。意識も遠くなる。すべては終わった——。

「蒼佑!? あんた今日、大学に行くんじゃなかったの? もうお昼よー!」

階下の母の声で目が覚める。夢? 夢だったのか……?

「ああ、もう起きてるよー」

くぐもった声で蒼佑は返事をするも、手に握られているチケットの半券に愕然とする。慌てて、スマホを手にすると、蓮太と拓久からそれぞれ個別にメッセージが入っていた。蓮太からは「ねぇ、アソコってどんな感じがした? 俺、すっげー興奮した! 俺も絶対に脱童貞に向かって頑張るゼ!」とあった。拓久からは、少し意味のわからないメッセージが入っていた。そこには「あのプロレスのショーのおかげで新たな自分を発見した。コブラの戦いを見て、俺の中で眠っていた俺が覚醒した。蒼佑、童貞卒業おめでとう」と書かれていた。

では、あれは夢ではなく、現実だったのか……？　っていうか、俺は本当に童貞を卒業できたのか？

心に疑問を残したまま、蒼佑は顔を洗い身支度をした。まだ肌寒い気候なので、チェックのシャツに上着を羽織った。外に出ると、カラスが鳴いていた。歩いていると、遠くからビルを建設する音が聞こえた。いつも通りの光景だった。駅に着いて、パスモを取り出そうとポケットに手を入れると、そこから一枚の紙切れが出てきた。取り出して見てみると、未使用のチケットだった。そこには、例によって赤と黒の背景に黄色の炎のような文字で
〝コブラ×ボイン　大好評！　空中ショー再び！　先行予約券〟

と書かれていた。放心状態で立ち尽く蒼佑を、たくさんの人々が追い越していく。チケットを手にした蒼佑の背後から、ふと甲高く気味の悪い声がした。

「とーちゃんかーちゃんは夜中にプロレスやってんだ。プロレスって裸だろ？　プロレスやってんだよ。嘘だと思うなら聞いてみな」

振り返ると蛙のような顔をした異様に背の低い小男が蒼佑を追い越していった。男が蒼佑を追い越す時、蒼佑を見上げ、小馬鹿にしたように唇の端を上げた。追いかける間もなく、小男は雑踏の中に消えていった。

Mの痴劇

ほの暗い灯りの中、萌美は先ほど知り合ったばかりの男が自分の腹を舐めまわすのをぼんやり眺めていた。実際には、その様子を眺めていたのではなく、男の薄く散らかったつむじを眺めていた。

「も、萌美ちゃん、感じる?」

男がこれぞ興奮の呪文とでも言いたげに訊ねてくる。

「ん……」

「どこが感じるの? ねぇ、言ってみて」

男は萌美がすっかりその「モード」に入ったかのように質問責めにしてくる。

「ねぇ、萌美ちゃんのここ、なんて言うの? あれ? あんまり濡れてないかな? ねぇ、萌美ちゃんのここ、なんて言うの? 言葉にして言ってみて」

言いたくもない。冷める。萎える。この男は女性に厭らしい言葉を言わせて恥辱プレイでもしているつもりなのだろうか。萌美の割れ目を触るか触らないかのぎりぎりのところで指をなぞろうとする。しかし、期待感が高まり過ぎて手指が震えて雑に肌に触れてしまう。

「言ってくれないと舐めてあげないよ」

はぁ!?　萌美は男の薄くなった髪の毛を掴み、頭を強引に持ち上げた。男は一体何が起こったのかと呆気に取られている。

「お前、ハゲ散らかしてる上にバカなのか？　何様のつもりなんだよ！」

萌美は男の額を目掛けて思い切り指を弾いた。男はコメッキムシのように跳ね上がり、ベッドから立ち上がった。眼鏡が斜めにずれていた。

「萌美ちゃん、どうし……」

「だまれ！　てめえの下らない言葉責めなんてうんざりなんだよ。フェザータッチとか、お前のハゲの方がフェザーだわ。中途半端なエセエロめ！」

男にリモコンを投げつける。リモコンが男の体にバウンドして床に激しく落ちた拍子に、中に入っていた単三電池が勢いよく転がり出る。

「ひっ……」

「Sでないならもう帰れ！」

男は慌てて、服を着て逃げるように出ていった。萌美は乱暴にベッドから下りるとシャワーを浴びた。ここは新宿歌舞伎町のラブホテル。ベッドの方で部屋の電話が鳴っている。客室から一人が出ていくと、必ず安全確認のためにフロントから電話がかかってくるのだ。萌美は濡れた体のまま浴室を出ると、受話器を取った。

「はい……、すみません。私ももうすぐ帰ります。大丈夫です」

萌美は水色のAラインワンピースを着ると、柔らかく巻いた髪をハーフアップにまとめて部屋を出た。真園萌美、二十九歳。彼女はどこから見ても清楚なお嬢様にしか見えない。先ほどハゲ男に乱暴な言葉遣いをしたが、彼女は間違いなくMである。サディストがマゾヒストを兼ねることは決してないが、マゾヒストはサディストを兼ねることがある。それはマゾヒストが無意識に自己にサディズムを取り入れ、他者にするサディスティックな行動を自分への嗜虐として転換することで心の安定を得ることができるからだ。Mがなぜ Mたるか。今夜の不器用な男はそれがわかっていなかった。そして、誰かを支配するほどの器もなかった。そのことが萌美のSスイッチを押したのだ。萌美は、正真正銘のマゾヒストなのだ。

萌美は嘆いていた。昨今、にわかSが多すぎる。どこかで読みかじった知識を実践するものの、経験が追いついてこない。それどころか、Sの流儀、いや、サディズムの本質というものをまるでわかっていない。専門の出会い系掲示板ではそんなにわか者か人としてのネジが外れている奴ばかりで自分の求めるような出会いは滅多にない。だから、スマホにダウンロードした最新のアプリに期待したのに。「恋はダイアモンドより見つからない、か。SとMの出会いなんて奇跡を超えているのかもね。特に、私のような女は、ね」萌美は夜空を見上げてため息をついた。新宿の明るいネオンで星は見えなかった。そして、まっすぐ帰る気にはなれなくて、いつものバー『キャンドル』に向かうのだった。

「いらっしゃーい！　久しぶりじゃないのぉ。三週間ぶりぃ？」

無精ひげを生やしたケンママがいつものように出迎えてくれる。萌美は差し出された熱いおしぼりを頭の後ろへあてがうと「うーん、気持ちいい」と言って頭をうな垂れた。

「はい、お疲れちゃん」

目の前によく冷えたバーボンソーダが置かれる。萌美はカウンターにうつ伏せになりながらグラスを握って「もうやだー」と呟いた。

「何よ、今日はデートだったんでしょ？」

萌美はむくりと起き上がり「インチキ、サイテー」と言ってグラスを呷った。

「あらあら、今日は荒れ気味なのね」

「上辺だけ取り繕ったって、本質には届かないじゃない？　でも、それすらわからないってことはそもそも薄っぺらい人物ってことなのよね。あー！　〝落ち着いた人との関係を探しています〟って言葉にすっかり騙された。変態じゃなさそうだと思ったのに……」

「いきなり本題に入ってもなんのことだかわからないわよ。SMで落ち着いた関係って何？　ま、とりあえず、デートの相手は萌美に相応しくない男だったってことは伝わったわ」

「今回はまともな出会いだと思ったの。でも結局、普通のセックスに飽きてただ刺激的なことがやってみたいだけの変態のオッサン。なんつうか、SとかMとかっていう頭文字しか知らないでアホみたいに中身がないことを要求してくるっていうか。うー、SとMの人口が減っている噂はやっぱり本当だったんだぁ。私にはもう本物のパートナーは見つからないんだぁ。うわーん！」

「萌美達の業界にもハッテン場があるんじゃないの？　そういうところはダメなの？」

「ダメダメ。最近はハプニングバー化しちゃってて、遊び感覚の人が多くて」

「萌美は真剣な恋を探しているのよね」

「そうなの、ママ。私のパートナーはいったいどこにいるの？」

「案外、近くにいるかもよ。先日、初めていらっしゃったお客様がね、それっぽいの。いい男だから私が独り占めしたかったけど、萌美に譲るわ」

「何それ」

「譲るって言っても、私の男じゃないんだけどー。あはははー！」

「それっぽいって、ママの勘？」

「そうなの。それっぽいのよ。なんだか優しくて影があるのよ。会ってみたい？」

「会ってみたい！」

「じゃあ、電話してみちゃうわ」

ケンママがスマホを手にする。それと同時に、お店のドアが開く。

「いらっしゃー……あら！　今、噂してたのよ！　運命だわ！　運命よ！　座って座って！」

噂をするとその人物が現れるというジンクスは本当のようだ。噂の男はケンママに促されるままに萌美の隣へ腰を掛けた。三十代と思しき長身の男は色白で髪をオールバックにセットし、紺色のスーツを爽やかに着こなしていた。知的な眼鏡の奥から切れ長の目が覗く。一見、大人しそうな真面目なサラリーマンだが、裏があると言われるとそのようにも見える。

「噂って、僕のことを噂してたの？　まーた悪口でも言ってたんじゃないの？」

「ま、さ、か。佐渡頭さんのことを悪く言う人なんかいるわけないでしょ！　萌美、こちら佐渡頭さん。ね、いい男でしょ？　佐渡頭さん、こちらは真園萌美ちゃん。やだー、二人が揃ってくれて嬉しいわ。乾杯しましょ！」

三人のグラスを合わせる。佐渡頭のグラスを持つ指は細く長く繊細だった。それに気づいた萌美は、不意に心の裏扉が開いてしまったような感覚がした。一方、佐渡頭は萌美が自分の指を眺めている様子をじっと眺めていた。その視線に気が付いた萌美がさっと目を反らす。

「萌美ちゃんはここのお店に通うようになってからもう長いの？」

「長いっていうか……」

「萌美は……そうね、二、三年かしらね？」

「うん、そうかな？」

萌美は親指でグラスの水滴に触れながら小さく答えた。しばらく三人で話をしていたのだが、萌美は言葉少なだった。そして、佐渡頭は会話のわずかな沈黙の間ですら萌美から視線を離さなかった。その目は、小動物を前に気配をひそめて獲物を観察する肉食獣の目つきだった。萌美は急に佐渡頭の視線を感じて俯いた。ゆるくカールした黒髪が萌美の輪郭を隠した。

「萌美ったら、大人しいじゃないの。そんなに佐渡頭さんが素敵だった?」萌美はとっさに違う違うと手を振るが、ハッとした表情で「あ、ごめんなさい。そういう意味じゃ……」と佐渡頭の方を向いた。二人の視線が合う。一瞬にして、萌美は心のわずかな部分を意地悪くちぎり取られた気がした。胸騒ぎがした。まるで、ジェットコースターに乗る直前のような。

「萌美ちゃんは僕と気が合いそうだな。連絡先を交換しようよ。また会いたいから」

そう言われると、萌美は素直に自分の連絡先を佐渡頭に渡すのだった。

佐渡頭との二度目のデートで、既に萌美は佐渡頭にペースを握られていた。佐渡頭は常に優しく萌美をエスコートし、食事のメニューも萌美の希望をまず聞き、決められないようであればさりげなく萌美の好みそうなものをバランス良く注文してくれる。ドアを開ける時も常にレディファーストで、帰宅の際には自宅までタクシーで送り届けてくれる。しかし、全ての行動のイニシアチブは佐渡頭が握っており、佐渡頭が無理な要求を萌美にしてこないだけで、流れは佐渡頭のペースなのである。萌美は元来、人見知りだった。でも、佐渡頭とは二度目に会った時にはなぜか自然と打ち解けてしまった。『キャンドル』のケンママを介さずとも躊躇うことなく話ができている自分が意外だった。一方で、心の一部が外気に晒されてひりつくような漠然とした不安も感じていた。佐渡頭の与える安心感の裏には、常に謎めいた影があった。

三度目のデートで、お洒落なビストロで夕食を一緒に食べている時だった。会話の途中、何かの話題がきっかけでふと佐渡頭が「僕はおばあちゃん子だったものでね。祖母に育てられたようなものなんだ」と言った。その時、佐渡頭が意外なくらい寂しげな表情をした。そしてすぐに「もう亡くなって長いんだけどね」と言葉を続けた。

「どんなおばあさまだったの？」

「とにかく優しかったよ。僕が反発できないくらいにね。思春期の頃ってイライラしたりするじゃない。でも、当たり散らすには祖母は小さくてあまりにもか弱すぎたし、仕事ばかりで僕を顧みない両親に対する怒りをぶつけることはできなかったよ。祖母はね、僕がどんなに悪い子だったとしても、そういうことを一切見ない人だったんだ。盲目的な優しさで、僕の感情に蓋をしてしまっていた」

佐渡頭の両親は仕事で家を空けがちで、幼い頃から祖母が佐渡頭の母親代わりだった。祖母は佐渡頭が学校でひどい悪戯をして呼び出された時も、不機嫌に物に八つ当たりをしたとしても、決して叱ることなく優しい言葉で佐渡頭を慰める。小学生の時、佐渡頭はロッカーにしまってあったクラスメートの体操着をカッターでズタズタに切り刻んでしまったことがあった。学校はこれを問題行動として祖母を呼び出した。祖母は学校で頭を下げるでもなく「子供のしたことですから」とほほ笑んで取り合わず、帰宅してからも何事もなかったかのように振る舞った。「僕、悪いことしたのに、叱らないの？」という佐渡頭の問いかけに祖母は「こんなにいい子なのに、あなたのせいにするなんて先生たちは困った人たちねぇ」の一言で終わってしまった。祖母にとって、佐渡頭の認めたくない悪の一面は、最初からないこととして片付けられていた。そうして、祖母の心理的な盲目によって佐渡頭の心に抑え込まれた黒いパトスはマグマのように膨らんでいくのだった。

「だから、僕には対外的には反抗期なんて訪れなかったんだ」

「そう」と小さく返事をして萌美は自分の思春期を振り返った。

萌美はとても厳しい家庭で育てられた。母は事あるごとに萌美に「あなたは美しくないのだからお勉強だけはちゃんとやりなさい」と劣等感を植え付けた。そして、家庭に無関心な父親はただの空気でしかなかった。ある日、親戚のプレゼントで萌美にピンクの生地に白いレースのフリルがついたお姫様のようなワンピースをもらったことがある。萌美にとっては生まれて初めての可愛らしいドレスで本当に嬉しかった。大人たちに促されワンピース姿に着替えて登場すると、親戚中が「かわいい、かわいい」と持てはやしてくれたが、母だけが恐ろしい形相で萌美を見つめていた。翌日、母から「みんなワンピースをかわいいと褒めていたのであって、あなたを褒めたわけじゃないの。あのワンピースはあなたのように醜い子供には全然不釣り合いで、かえって私は恥ずかしかったわ。人に褒められたとしても誤解してはダメよ。醜いあなたはきっと結婚なんかできない。だから、一人でも生きていけるようにお勉強しなさい。お勉強だけはあなたを裏切らないから」と言われ、萌美がそのワンピースに袖を通すことは二度となかった。やがて自分はダメな子、という刷り込みが次第に萌美の歪んだ自己肯定の手段へと駆り立ててしまうのだった。

「うちは……とても厳しかったわ。でも、佐渡頭さんは優しいのね。おばあさまを傷つけたくなかったのでしょう?」

「萌美ちゃんはそう捉えてくれるんだね。優しいね」

そう言って、佐渡頭は萌美の手を握った。


自己肯定の出来ない萌美と自己肯定が強すぎる佐渡頭の出会いは運命だったのかもしれない。お互いにとって相手を完成へと導く最後のパズルピースのようだ。そのピースはとても奇妙な形をしていてなかなか見つからなかった。二人は、佐渡頭の住むタワーマンションで、その奇態な心の穴を互いに埋め合おうとしていた。

質のいいソファの上で、佐渡頭は激しく萌美の唇を求めた。萌美の舌を思い切り強く吸うと、萌美の顔が歪む。しかし、萌美は決して嫌がらない。舌を差し出し、激しい吸い込みと痛みに耐える。やはり、萌美は佐渡頭の見立て通り、Mだった。佐渡頭はそのまま萌美を押し倒し、両手を頭の上に抑え込んだ。彼女の細い手首を握りしめ、自由を奪ってまた唇を強く吸った。それでも、萌美は従順に舌を差し出す。佐渡頭は手順よく萌美を脱がせ、ソファにゆったりと座り直し、萌美を自分の目の前に立たせた。佐渡頭は服を脱いではいない。それどころか、上着も脱がず、ネクタイも外していない。佐渡頭は無言で萌美を見つめた。片手で隠そうにも零れ出る形のいい丸い胸、緊張で尖って色が濃くなった乳首、縦長のへそ、くびれた腰、そして、もう一方の手で隠す毛のない丘。足を内股にしてなんとか少しでも露出を隠そうとするところにいじらしさを感じる。

「両手を離して、自分のお尻に手を回して」

萌美は言われたとおりに両手をお尻にあてがう。自分の裸体が男に晒されている。佐渡頭のねっとりとした視線が萌美の肌を舐っていく。温度のある視線が、萌美の鎖骨を、乳首を、腰を、そして恥部を這う。自分が羞恥心で爆発してしまうのではないかと思うほど、萌美は恥ずかしさでいっぱいだった。

私は見られるに値しない女なのに……。

萌美は罪悪感で縮こまっていた。私は美しくない。男の人から愛されるような女じゃない。そんな思いから、固く瞼を閉じて自分が晒されている状況を見ないようにした。

少し離れたところで物音がしたかと思うと、佐渡頭が萌美の背後に回り、腕に触れた。そして、声を上げる間もなく縄でその腕を縛り上げる。腕を背中に回したところで縛り上げられ、図らずも胸を突き出すことになる。続けて佐渡頭はその縄を後ろ手から乳房の上と下に回し締め込む。すると、萌美の形のいい胸が縄と縄の間からはち切れんばかりに猥褻に膨れ上がる。これがいわゆる後ろ手美乳縛りである。そこから更に縄を追加し、手際よく膝から下を丁寧に縛っていく。そして、佐渡頭は萌美を軽々と腕に抱えて寝室へと行くのだった。

萌美は佐渡頭の腕に抱かれて寝室まで運ばれていく間、この夢のようなシチュエーションに恍惚としていた。縛られる最中、無理な態勢をしなければならないことがあった。それでも、動作を中断させることなく縛られるままにできたのは、萌美の体が柔らかかったからだ。

私、柔軟が得意で良かった。それにしても自宅に縄があるなんてすごい。やはり彼は本物のSだったのだわ。この人こそ、私の運命の人なのかもしれない。

息を吐くと体の隙間に縄が食い込んでいき、体の自由を奪っていく。縄が自分を締め上げていく実感に、頭の芯が痺れ、何も考えられなくなる。縛られているという倒錯的な恍惚ではない。佐渡頭という男に縛られ、支配されるということに意味があるのだ。この人に愛されたい、愛される女でありたい、という強い思いがあってこそ、緊縛に意味が生まれ、その圧倒的な拘束感に酔いしれることが出来るのである。

薄明かりのついた寝室で、萌美はベッドへ横向きに寝かされた。萌美は佐渡頭の息遣いを間近に感じながら、自分の陰核が熱く脈打つのを感じていた。そして、脈打つたびに自分の体液が恥ずかしげもなく臀部に流れ落ちていくのを自覚するのだった。佐渡頭はベッドの脇に腰かけ、萌美の背後から乱れた髪を指ですくい、肉体の側面を優しく指で撫でた。萌美が体を隠そうと膝を曲げると、臀部から可愛らしい花びらが露わとなって覗く。すべてを隠しようがなく、その仕草で一番見られたくない部分を露見させてしまう。

「全部見えてしまっているよ」

佐渡頭が萌美の夥しく濡れた粘膜の奥を指先で触れた。

萌美の中で母の声がする。「馬鹿な子ね！　隠してるつもりでも全部見えてるのよ！

醜い上に馬鹿なんて、救いようがないじゃないの」萌美は更に体を縮こまらせた。

「悪い子だね。こんなに濡らしてしまって。お仕置きが必要だ」

佐渡頭は上着を脱ぎ、萌美の尻を容赦なく平手打ちにした。みるみるうちに萌美の尻が桃色に染まる。更に、萌美の腰を取り、膝で立たせお尻を高く持ち上げさせる。そうして左の尻、右の尻と交互に叩いていく。萌美はじっと耐え、時折高く短い声を上げた。佐渡頭は尻が赤く染まっても、躊躇なくまっすぐに何度となく平手を下す。次第に萌美の尻に大きな色の一輪のバラの花が浮き出てくる。左の膨らみと右の膨らみを跨いだ薔薇の大輪は、まるで見事な襖絵のようだ。所どころ赤らんだ肌は意図的な絵心があり、痛々しさを感じるどころかむしろ美しささえ感じるほどだった。佐渡頭はネクタイを緩めた。萌美の尻は熱くなっていた。薔薇の花を包むように両手で尻を抑えると、今度は一気にそれを二つに引き裂いた。引き裂かれた奥に黒ずんだ菊の花が露わになる。肉体を縛り自由を奪い、自分の支配下に置き、叩く。叩いても叩いても、満たされることのない孤独感。込み上げる衝動。自分の中の何の感情が爆発しそうなのかもわからない。ただ、何かを壊したいくらい強い激情が佐渡頭を突き動かす。幼い頃、拾った子犬が愛おしくて力いっぱい抱きしめた。子犬はもがいて佐渡頭の手に噛みついて逃げていった。愛するものはみんな自分から離れていく。今度は逃がさない。叩いて、叩いて、叩いて、叩いて、叩いて、自分のものになったと実感できるまで叩くんだ。

萌美は唇を硬く結んで痛みに耐えていた。叩かれれば痛い。それは快感にはなり得ない。しかし、縛られ、叩かれている間はその視線は萌美自身に向けられている。〟誰からも相手にされないような出来の悪い子〟が、こんなに素敵な男性に真剣に向き合ってもらっているという事実が、萌美の心を温かいもので満たしていく。

ふいに佐渡頭がお尻を突き出していた萌美を抱え込み、ベッドの端に寝かせた。萌美は自分が何か悪いことでもしたのかと動揺した。これで終わってしまうか。やはり、私は彼が本気になるほどの価値もない女ということなのだろうか。萌美の不安をよそに、佐渡頭は部屋のクローゼットから何かを取り出すと、乾いたビニールのこすれるような音を立てながら大きなブルーシートを広げ始めた。そして、シーツの上にそれを敷くと、その上に萌美を寝かせた。萌美は、ブルーシートといえば花見の場所取りのためか、全身ローションを塗ってブルーシートの上で相撲を取るという使い道しか知らなかった。よもや、そのブルーシートの上に自分が寝かされるとは。でもなぜ、わざわざベッドにブルーシートを敷くのかしら。一瞬、イチヂク的な行為があるのではと懸念したが、萌美がそのことについて思いを巡らせるよりも前に、佐渡頭が萌美の後ろ手の縄をほどき、手首を頭上で縛り直した。萌美が体を動かすと、耳元でシートが耳障りな音を立てた。これから何が起こるの……？

佐渡頭が服を脱いでベッドの足元の方に立っている。手には火のついた和蝋燭が握られていた。蝋燭の炎が部屋をほんのりと明るく照らし、背後の壁に大きな影が佐渡頭を包むように揺れていた。佐渡頭は、蝋燭をベッドのサイドテーブルに置くと萌美の顎を指で上げ、浮き出る首筋を眺めた。彼女が息をする度に、喉元が上下に動く。

美しい子だ。それなのに、この子は自分の価値をまるでわかっていない。揺れる炎に浮かぶ、このきめ細かい肌、形のいい乳首、乱れた髪、赤く滲んだ尻、苦痛に耐える表情の奥にある信頼を寄せる視線。僕が縛り上げても、叩いても、彼女には僕に対する好意を感じる。

佐渡頭は、芯切鋏で蝋燭の芯を短くし、炭となった芯を取り除いた。そして、蝋燭を握ると、溶けた蝋が佐渡頭の手に零れた。熱くはない。和蝋燭とはそういうものだ。

萌美は、佐渡頭が蝋燭の芯を切る姿をその目に捉えていた。そしてその仕草を見た時、萌美の中で恋という矢が明確に自分の心を射抜く音が聞こえた。

ああ、この人はこういう人なのだわ。知的で思いやりがある——。

和蝋燭の融点は低い。しかし、溶けた蝋と共に落ちる芯の炭は火傷をするくらい熱い。萌美は佐渡頭のそんな思いやりに溢れた仕草に胸がいっぱいになった。佐渡頭が萌美の体の上で蝋燭を傾ける。和蝋燭のさらりとした液体が萌美の体に降り注ぐ。熱い蝋が萌美の胸の膨らみに落ちて固まる。腹に落ちて零れる。ブルーシートにばらまかれた溶けた蝋が固まって散らばる。

すごいわ。ブルーシートがあればベッドは汚れない……。

再び佐渡頭が蝋を垂らす。その熱で、体が陸に上げられた魚のように反応してしまう。

熱い。痛いくらいに。

しかし、その痛みは一瞬でなくなる。じんわりと温かい蝋が肌の上で固体化するのを感じる。足の縄をほどかれ、足が自由になったかと思うと、今度は股を大きく開かされ、内腿に蝋の熱さを感じる。

萌美の頭の中では、コール・ポーターの〈So In Love〉が大きな音で響いていた。〝私をなじり、惑わし、傷つけ、見捨てて欲しい。私は死ぬまであなたのものです。とても深く愛しているのです〟切ないくらいにこの歌詞の意味がわかる。どうか、私を縛り上げてください、叩いてください、熱くしてください。私のように出来の悪い子が、あなたのような素敵な男性に愛されるには、叩かれて縛られ、炎で責められ熱くされ、そうしてようやく愛される資格を手に入れることが出来るのです。どうか、愛してもらえるまで、私を責めてください。私はそうでなければ、愛されることなど許されない女なのです。

佐渡頭が萌美の体の中に入ってきた時、それだけで萌美は死んでもいいと思うほどに幸福だった。幸福という快感は、本能に植え付けられた興奮よりも先に心を満たし、めくるめくオーガズムよりも永遠に心をつかみ、萌美を忘我の境地へと運んで行った。

これが、愛されるということなのね。私、愛されているのね。愛されるってこんなに心を自由にしてくれるの。

萌美は縛られた手首を頭上に、体をくねらせ悦んだ。皮膚の上で硬くなった蝋が割れて弾けた。叩かれ赤く染まった皮膚が暗がりで妖艶な光を放っていた。

「ママー！　おしょと、雨よー」

「あら、ほんとだわ。たいへん！」

萌美はベランダに走った。せっかく干したシーツが濡れてしまう。慌てて洗濯物を取り込んだ。

「お手伝いしてくれませんか？」

こう言うと、最近お手伝いが大好きになった娘は、大喜びして張り切ってくれる。

「はい、端と端をひっぱって……、そうよ、上手ね。そしたら、ママのところの端っことくっつけるの」

つま先立ちをしながら、一生懸命手伝ってくれる娘を愛おしく思う。

萌美はシーツと一緒に干していたブルーシートも丁寧にたたみ、ベッドルームへ運んだ。今では、ブルーシートは萌美達にとって欠かせない夫婦生活の道具であった。クローゼットの引き出しを開けると、シーツとブルーシートがたたんであるその横には、縄と和蝋燭と芯切鋏、そしてまだ真新しいバラ鞭が置いてある。萌美は幸せだった。萌美は芯切鋏にそっと触れ、祈るように呟くのだった。愛する人が愛してくれるこの生活がどうか永遠に続きますように、と。それは、幸福であればあるほど自身の幸福に罪悪を感じてしまう、萌美の中でのジレンマ……、いやそれこそが、Mの歩むカタストロフなのであった。

世界童貞ハンター

「私はね、あなたにとっての人生の通過点でしかないの」

「ノー！　初美サン、僕はホントウニあなたのことを愛しているのデス。ジブンをただの点でまとめないでクダサイ」

青い瞳の青年は初美の手を取り、なんとか思いとどまってもらえるように祈るような視線を送っている。街灯が、運河沿いのベンチに座る二人を照らしていた。その向こうにはライトアップされた吊り橋が浮かび、夜のイルミネーションに彩りを与えていた。

「馬鹿ね。自虐的に言っているんじゃないのよ。私はあなたにとって、真っ白な生地に最初に織り込まれた色のついた糸なの。これから、あなたはもっといろんな糸と交わることでしょう。でもね、私という糸からその模様は始まるのよ。あなたの人生のタペストリーの一部となれたことを私は誇りに思うわ」

初美はつぶらな瞳で青年の顔を覗き込んだ。

「オーノー、初美サン、ソンナ悲しいコトを言わないでクダサイ……！」

青年の青い瞳は濡れていた。初美は青年をぎゅっと抱きしめて、唇に軽くキスをした。青年はそれをもっと深く発展させようと背中に手を回し、唇を割って舌を入れかけたが初美はさっと身を離した。

「グッバイ。元気でね」

異国の青年に背を向け、初美は颯爽と歩き始めた。背後で青年が初美を呼び戻そうと悲痛な声を上げたが、振り返ることはなかった。青年はもう十分に一人前に成長していた。初美が教えることはもう何もない。近いうちに彼は本当の恋を知るだろう。やがて、青年が初美を呼び戻す声も届かなくなり、辺りにハイヒールの音が響くだけとなった。

初美は立ち止まって瞳を閉じ、夜の匂いを胸いっぱいに吸い込んだ。長い黒髪が夜風に揺れる。指でつまんだような鼻先がひくひくと動く。濡れたようなまつ毛は麒麟のように長く、紅をさしてもいないのにその唇は赤く、濡れたように輝いていた。やがて、まぶたを上げると人差し指をゆっくりと舐め上げ、宙に立てた。指が風にひんやりとした。

「ここより青龍の方角に獲物あり」

そうつぶやくと、初美は再び歩き始める。街灯に初美の長い影が揺れ、夜の闇にハイヒールの音が小さくなっていった。

初美は白衣を着ると、襟元から髪の毛をすくい上げ、身だしなみを整えた。

古めかしい応接室は、重厚なソファとテーブルがしつらえてあり、カーテンから木漏れ日が差し込んでいる。部屋は適度に暗く、緑が見えて居心地が良い。初美は、この企業から心理カウンセリングを依頼された際、クライアントが落ち着いて話が出来そうなこの部屋をカウンセリングルームとして指定したのだ。今日から週に一度、この企業に通う。初美は臨床心理士の資格を持つ、フリーランスの産業心理カウンセラーだ。いくつもの企業を掛け持ちしながら、日本全国、時には世界を飛び回っている。

小柄でチャーミングな彼女の容姿は男性を虜にする魅力に溢れているが、彼女の本当の魅力は感受性の良い特殊な肉体と天才的な五感、そして華やかな才知にある。この魅力がいかんなく発揮されるのはベッドの上だ。しかし、企業戦士からしてみれば、初美のように美しい女性が自分の悩みを聞いてくれるというだけで満足してしまうため、彼女の真の魅力に気付く者はいない。一般的には、彼女は世界中にクライアントを抱える優秀な心理カウンセラーであり、人々の心の闇を吸い取るスポンジのような聴き手なのである。

実は、彼女には誰にも知られていない裏の顔がある。

初美は神聖なる童貞のみを猟する、童貞ハンターなのだ。初美は選んだ獲物を逃さない。静かに音も立てずに忍び寄り、気が付いた時には心は初美の手中に収まっている。そして、抗うことなど到底できないままに仕留められてしまう。その手腕は見事で、童貞ハンター界の「一発落としの佐市」と敬意を込めて呼ばれている。ハンター界には他にも、複数の童貞を一度に相手できる能力の持ち主「重ね打ち竹五郎」、プロレスリングの上での房事を専門とする「背負い投げ西松」などの異名を持つ者がおり、時に助け合い、時に情報交換を行っている。これらの名前はマタギのカリスマ達から由来している。なぜなら、彼女たちはマタギと同様に狩りに対して誇りを持ち、マタギと同様に独自の宗教観を持っているからだ。

ふと、初美は先日巣立ちを促した青い目の青年の裸体を思い出していた。

彼は美しい獲物だった。白い体がまるで神獣のようだったわ。神獣が淫らな炎に悶える時のあの背徳感……！

思わず昂る気持ちに体が震えた。

コンコン――。

ノックの音にハッとする。いけない仕事に集中しなくちゃ。

初美はドアを開け、クライアントを招き入れた。

仕事を終え、初美は駅に向かう歩道を歩いていた。街路樹の枝からは、ねぐらに集まってきたムクドリ達の鳴き声が都会のビルの谷間に響いている。

青龍の方角に獲物あり――。

初美の勘がそう言っていた。初美はいつものバーに足を向けた。

亮《とおる》は少しやさぐれた気持ちになっていた。同期の岡田が結婚を決めたというので、お祝いも兼ねて久しぶりに仲の良い仲間で集まった帰りだった。みんなから二次会へ誘われたが、行く気になれず、ひとり繁華街を歩いていた。

結婚かぁ……。

今日集まった仲間たちにはそれぞれ彼女がおり、それぞれ結婚を視野に入れたり、迫られたりしていた。亮に取ってみれば、結婚は性悪の企むゲームの最終章だった。名のある企業の会社員と結婚がしたい女たちの手練手管に振り回される恋愛ゲームには、もう、うんざりさ。最悪なのは、なかなか結婚に踏み切らない彼氏に向かって「出来ちゃった……」と頬を赤らめて衝撃の告白をするあれな。ひどすぎるだろ。あいつらはパートナーを愛しているんじゃない。少しでも出世に近い男の伴侶となり、自分のステータスを高めたいだけだ。所詮、彼女たちにとってみれば男は自分らのステータスを決める素材のひとつであり、豊かな生活を保障し、安穏と生きていくための環境提供者なだけってわけだ。ま、そんなこと俺には関係ない。俺は結婚しない。いや、結婚できない。っていうか、できないと思う。そもそも、うんざりとか言える立場じゃない……。

亮は宴席での仲間との会話を思い出していた。

「お前、入行してから数年で本店勤務だろ。同期の中じゃ一番出世に近い男だからな。周りの女の子たちが放っておかないだろ」

「いや、俺なんかダメだよ。冴えないしさ。女の人って怖いし」

「ほら、秘書課の麻由美ちゃんとか、すごくない？」

「俺を見てる目がな、＄マークになってるよ」

「そりゃお前、考えすぎだよ。だけど、結婚している方が出世しやすいって言うぜ。なぁ？」

「っていうか亮、あえて聞くけど、お前、女と付き合ったことあるのか？」

「よく聞いてくれたな。ないわけ……」

「え？」

「え？」

「え？」

「え？」

「ない……」

だろうなー！　と一斉にみんなが仰け反って笑った。結婚の決まった岡田が「お前はそのままでいいよ」と慈愛の微笑みを浮かべていた。

笑いたい奴は笑えばいいさ。俺は女が嫌いなわけじゃない。ただ、結婚というリスクを負う男女交際にはなかなか踏み込めないんだ。童貞であることも恥ずかしくないさ。知らなくていいのなら、知らない方がいい。世の中には知っていいことと悪いことがある。セックスは知ってはいけないこと。俺は二十七年間、真面目に生きてきたんだ。今は仕事が楽しいし、彼女なんかいなくたって日々は充実している。

亮は今夜のことを脳裏から振り払うように首を振り、その時ふと目に入った『Teach me tonight』という看板が光るバーのドアノブを掴んだ。

ドアを開けるとまず、ランプの匂いがした。続いて、ハービー・マンの〈Comin' Home Baby〉のフルートの音色が聞こえ、店内にアーバンな空気を醸し出していた。バーテンダーが静かな声で「いらっしゃいませ」と亮をカウンター席に促す。カウンターの奥には客が二人、静かに話し込んでいた。

「何をお召し上がりになりますか」

バーテンダーが注文を聞いてくる。バーテンダーの後ろにはぎっしりとウィスキーのボトルが並んでいた。亮は何を選んだらいいのかわからず「モスコミュール」と答えた。

「かしこまりました。モスコミュールは当店の自慢のカクテルでございます」

そう言い残すとバーテンダーは静かに亮から離れた。店は薄暗く暖かい灯のオイルランプが長いカウンターを照らしていた。

「振り返ってはダメよ、西松。あなたの後ろになかなか手ごたえのありそうな獲物が来たわ」

西松は振り返りもせず、初美の瞳に映る男の姿を眺めた。

「佐市の勘？　なるほど、確かに童貞ね。ただ、あの子はリング向きじゃないわね。リングに上がったら廃人になるタイプよ」

「あなたのリングは人の人生にパラダイムシフトを起こすから」

「ふふふ、それで本当の自分に気が付いたら幸せじゃないの」

「西松の爪痕は強烈ね」

「それはお互い様よ。私はあなたみたいに上手に流れを作るのは苦手だけど」

「いきなりプロレスチケット渡すなんて無骨すぎるのよ。もっと上手なやり方があるのに」

「いいの。私はリングの上のショーが滞りなく進めばいいのよ」

「さて、あの子、どうやって仕留めようかしら」

「佐市のお手並み拝見ね。じゃ、今夜はそろそろ行くわ」

「オーケー、またね」


カウンターの奥に座っていた一人が立ち上がり、亮の背後を通って行った。何気なく、亮はその人物を振り返った。小柄な女性が足取り軽く数段の階段を駆け上がってドアに向かっていった。パーカーを羽織ったその後ろ姿に、ポニーテールが揺れていた。「お待たせいたしました」。見とれていると、バーテンダーがよく冷えた銅製のマグカップを亮の前に静かに置いた。水滴のついたマグカップの中で氷が滑るように音を立て、くし型のライムが微かに動いた。

初美は数席離れて座った男性をさりげなく眺めた。

紺色のスーツにスクエア柄の淡いブルーのネクタイ。清潔感のあるサラサラヘアだけど、もみあげのカットは曖昧。正しく誠実な印象……、金融業、しかも銀行員ね。身長は一七五センチあるかないか。色白な頬。歳の頃は二十七歳というところかしら。

初美は動かなかった。何席か向こうに座る人物になど、まるで興味がないかのようにグラスを見つめているふりをしながら、男性を観察していた。

彼がモスコミュールを飲み終わるまでにチャンスはきっと訪れる。急いては事を仕損じる。機が動くのを待つのよ。それまで、私は空気のようにこの場に溶け込んでいればいい。

亮は、モスコミュールの美味しさを改めて実感していた。安っぽい酒場のモスコミュールしか知らなかった亮は、オーセンティックなバーが出す本物のモスコミュールに感動すら覚えていた。

「モスコミュールってうまいんですね」

しみじみと言う亮に「ありがとうございます」とバーテンダーが静かに応える。


ガタン——。

「マスター、六人なんだけど、入れるかな」

突然、団体客がやってきた。亮の右の席は二席空いており、初美と亮の間は四席離れていた。

「お客様……、もしよろしければ奥の席に移動していただけますか？」

バーテンダーが申し訳なさそうに亮に声をかける。

亮は言われるがまま、初美の隣に席を移動した。後から団体客が空いた六席に座った。少し店内が賑やかになる。

しばらくすると、バーテンダーが亮に新しいおしぼりと飲みかけのモスコミュールを持ってきた。

「私もモスコミュールをください」

隣にいた女性がバーテンダーに注文する。ちらっと横を見ると、衝撃的にかわいい女性が自分の隣に座っていることに気が付いてしまった。亮は自分の鼓動が早くなるのがわかった。は、早くこのお酒を飲み干して帰ろう……。

反射的に亮は女性と距離を取ろうと考えてしまう。実は自分がことさら相手を意識しているからこそ、思わずその場から離れようとしてしまうこともわかっていない。

コン……コンコン、チリチリン……。

銀色の小さな鈴が音を立てて亮の前に転がってきた。とても小さいが、ガムランボールのような彫り物がされている。亮は、鈴がカウンターから落ちないように慌てて鈴を手で押さえた。

「あっ、私のブレスレットから取れちゃったみたい」

「あ、どうぞ」

女性は、小さな鈴を手のひらで受け取り、真っ直ぐに亮の目を見てお礼を言った。

「ありがとう」

「い、いえ！」

亮は慌てて目をそらし、マグカップに集中した。

「お待たせいたしました。モスコミュールでございます」

バーテンダーが初美の前に銅製のマグカップを置く。初美は隣にやってきた男性に体を向けてマグカップを胸の高さまで上げ、もう一度「ありがとう」と小さく言った。男性は慌てて自分のマグカップを持ってそれに応えた。初美はモスコミュールを一口飲むと、ブレスレットを腕から外して鈴を元に戻そうとした。

ここまでは偶然を装った必然である。機は様々な形でやってくるのだ。それを結果に繋げるのは自分の中の強い意志だけだ。

ブレスレットは線の細い銀色のもので、その周囲には小さな鈴がたくさんついていた。小さな留め金の輪の中に鈴のフックを入れさえすれば元通りとなる。しかし、爪の長い女性には、鈴が小さすぎて上手につまめない。亮の隣で、女性が一生懸命鈴を元に戻そうとしては失敗を繰り返していた。

どうする、俺？　俺が手を貸しさえすれば簡単に出来そうなのに、俺は見て見ぬふりをするのか？　しかし、頼まれてもいないのに声をかけたりするとナンパな男だと思われないか？　でも、彼女は今、助けを必要としている。だから俺が声をかけてもナンパじゃない。そうだ、ナンパなんかじゃない。いや、むしろ勇敢だろ。人助けだからな。困っている人を助けることはナンパじゃない。いや、でも俺が声をかけることによって女性の弱みにつけ込むことになるんじゃないか？　つけ込む？　つけ込むってなんだよ。それじゃまるでナンパ前提じゃないか。違う違う。俺はナンパだけはしない。声はかけない。だって俺はナンパ君じゃないから。

女性はしばらく鈴とブレスレットと格闘していたが、ついに亮を見上げて「すみません、このブレスレットを持っていていただけますか？」と申し訳なさそうに差し出してきた。

「ええ!?　はい、ハ、はい……」

亮は反射的に差し出されたブレスレットを手にした。驚きのあまり声が裏返ってしまった。

女性が、亮の手首を軽くつかんで自分の見やすいように高さを調整する。いきなり女性に触れられて、亮は自分の心臓の鼓動が早くなるのを感じた。そして、女性が鈴のフックをなんとかブレスレットの留め金にくぐらせようとして、自分の指に顔を近づけている様子に動揺していた。

落ち着け、俺。女性が近いとか、息が当たるとか、考えるな、感じるな。無心だ。無心になれ。

やはり爪が長すぎて鈴が上手につかめないようで、女性がため息をついた。あと少しというところなのに、なかなかうまくいかない。

今だ、俺。これは人助けだ。ナンパじゃない。

「あ、あの、俺がそっちやりましょうか……？　鈴の方……」

「え、ありがとうございます。なんかごめんなさい。お手伝いしていただいちゃって」

亮が鈴を受け取る。今度は女性がブレスレットを亮の作業のしやすいところまで持ち上げる。亮は小さな粒の鈴をつまんで、そのフックをいともたやすく留め金にくぐらせた。小さい頃から細かい作業が得意な亮にとってなんてことはないことだったが、あまりにもあっさりと直せたことに自分でも驚いた。それと同時に、ブレスレットの輪の向こうに、小さく驚いた顔をした女性の顔が見えた。

「わぁ、すごい！　簡単にできちゃった！」

女性はブレスレットを受け取ると「ありがとうございます」と軽く頭を下げて、ブレスレットを身に着けた。鈴がシャラと小さく揺れた。

「こういう細かいこと、得意なんで……」

「本当にありがとう。お礼に何かごちそうさせてください」

「いや、いいんです。すぐに直ったし」

いいえ、もう少し一緒に飲みましょうと彼女は言って、バーテンダーに新しい飲み物を二人分注文してしまった。

「あの、お名前を聞いてもよろしいですか？私は、初美って言います」

「坂本です」

「下の名前」

「亮です」

「亮……くん？」

自分の名前を呼ばれ、亮はドキリとした。自分の心の扉のドアノブを握られたような感覚だ。

「亮くん、ありがとう」

彼女は新しく運ばれてきたモスコミュールのグラスを持ち上げ、乾杯の仕草をした。

初美は、白衣に袖を通しながら昨夜のことを思い出していた。昨夜はお互いの名前を名乗り、認識し、赤の他人から一歩前に進んだ感覚だけを残し、店を後にした。お互いの電話番号やＳＮＳの情報さえも交換しなかった。再会の約束もしていない。でも、これでいいのだ。ささやかな共同作業をしただけでも、相手は私に対して多少の愛着を感じているだろう。更に相手の意識を私に向かせるには、私から動いてはいけない。しばらく泳がせ、偶然を味方にし、向こうに私を見つけさせるのだ。大丈夫。彼は必ず私を見つけようとするわ。「もしかして、いやまさか」の罠をかけたのだから。

初美は心の内側で何かが妖しげにさざ波立つのを感じた。

「しばらくあのバーはお預けね」

あれから数日、亮はどうしても彼女のことが気になっていた。亮にとって、初対面の女性にあんなに容易に打ち解けられたことは奇跡だった。彼女の前では自分でも驚くくらい自分らしくいられたのだ。勤め先の女の子達は、俺の隙を探そうと飢えたメンフクロウみたいに首を傾げながら、ずかずかと俺の中に入ってこようとする。彼女は違う。初美さんは、俺の中に入ろうとはしない。それなのに、俺は既に彼女を心の中へと招き入れようとしてしまっている。これはなんだ。ハッ……、もしかして、これが恋なのか？　いや、まさか。

「ハハハ」

乾いた笑い声をあげたところで、自分の中で答えは出なかった。この気持ちがなんなのか、確認する必要がある。もう一度、彼女に会ってみよう。会ったらこれがなんの気持ちなのかがわかる。そうだ。彼女に会おう。もう一度、あのバーへ行けば彼女と会えるかもしれない。いや、会えなくてもあの場所へ行けば、きっと自分のこの気持ちのモヤモヤが整理されるはずだ。

亮は手元の『Teach me tonight』と書かれたバーのカードをじっ

と見つめた。

銅製のマグカップには水滴が付き、コースターが激しく濡れていた。亮は、モスコミュールの最後の一口を飲み干すと、残念そうに肩を落とした。あれからこのバーに何度も通っているが、彼女には会えないでいた。バーテンダーに彼女のことを尋ねても「よくお見えになりますが、そういえば最近はいらっしゃいませんね」と静かに答えるだけだ。空虚な空間にサラボーンの〈Black Coffee〉が流れていた。この曲の歌詞どおり、亮は彼女が来ないことに落胆し、彼女が来ない時間を持て余していた。ただ、偶然の再会を願いながら、悶々と自問自答を繰り返していた。もしかして、俺は彼女が好きなのだろうか。いやまさか。一度しか会っていないのに、そんなわけないだろう？　でも、もしかして、こうやってまた会いたいと願うことがそもそも恋なのではないだろうか。いや、まさか。俺はそれほど再会を期待しているわけじゃない。ここのモスコミュールが好きだから来ているのであって、彼女との再会が一番の目的ではない。でも、もしかして……堂々巡りである。そろそろ帰ろう、そう思ってチェックをお願いしようとした時だった。

彼女が店に現れた。

「あら、亮くん」

彼女は亮の名前を君付けで呼ぶと、嬉しそうににっこり笑った。

久しぶりに再会した彼女は、おくれ毛を残しながらふんわりと髪の毛をアップにし、前回会った時と雰囲気が変わっているように思えた。襟が広く開いた白いブラウスをラフに着こなし、赤いフレアスカートそして白いハイヒール姿の彼女には、亮の勤め先にない自由な空気が漂っていた。初美は、以前に増して、魅力的だった。

「こ、こんばんは」

亮はその先に続く言葉が思いつかなかった。何度も思い返していた彼女の姿だったが、頭の中の彼女よりも目の前の彼女の方がずっと存在感があった。そして、亮はその存在感に圧倒されていた。

「亮くんもここのモスコミュールにハマっちゃったのね」

グラスを拭いていたバーテンダーがこちらを見て軽く頭を下げた。初美はモスコミュールではなく、今夜はスコッチを頂くわとシングルモルトをミストで注文した。しばらくすると、初美の前に茶色い液体の注がれたグラスが置かれた。初美はグラスを持ち上げ「先日はありがとう」と言いながら亮のマグにグラスを軽く当てた。グラスの中で、クラッシュドアイスが音を立てた。グラスは凝った彫り柄が入っていてとても重そうだった。華奢な指の初美がそのグラスを持つ様は、まるで幼女が玉座に腰を掛けているようなアンマッチさだ。初美は、亮にとって出会ったことのない女性だった。

初美はあまりに作戦通りの展開に内心ほくそ笑んでいた。

会えない時間が愛を育むと言うけれど、それってシンプルな真実よね。会えないもどかしさと明白にしきれない自分の気持ちの交錯する時間が、その人の恋する気持ちを加速させるのだわ。そして、やっと再会が叶った時に、その感情の落としどころへと導いてあげるの。でも、今夜はその道しるべまで。その先はまだよ。だって、狩りは十分に時間をかけて獲物を追い詰めたいじゃない？

初美は恋愛のノウハウを熟知していた。彼女がその気になれば、童貞だけではなくアラブの石油王ですら簡単に彼女に心を預けてしまうだろう。しかし、彼女は誇り高きハンターなのである。恋人を求めているわけではない。そして、ただ裸になって相手を求めあうだけの平凡なセックスがしたいわけでもない。触れることが快楽に繋がるだけの、マスターベーションにも似たセックスは愚かで稚拙な行為だ。セックスとは、お互いのエネルギーを交換し、別々の個体が肉体とは別のところで一つになるという神聖な儀式なのだ。離れ離れの個体がひとつのエネルギーとなる様は、森の中のナメクジの神秘の交尾のように絡み合い、輝いている。一体となったエネルギーの行きつくところは、肉体を失った魂が還る永遠の楽園とも言える場所だ。そして、まだその恍惚の世界を知らない無垢な魂は、その快楽を渇求しながらもその無知さゆえに初めての耽美に歓喜する。初美は、無垢な魂が未知の扉を開き、魂の故郷にアクセスするための道先案内人として、自分の体を捧げるのだ。

「あの……、初美さんはこの辺りに勤めてるんですか？」

「あら、言ってなかった？　私、フリーランスの臨床心理士なの。亮くんは？」

「俺はこの辺の……大きな銀行に勤めてます」

といって、亮は勤め先の名刺を渡した。

ビンゴ。初美は心の中でつぶやいた。この銀行はここから青龍の方向にある。初美の野性的な勘は外れ知らずだ。亮は初美が出会う前から感じ取っていた獲物だった。

亮は名刺を渡して、初美のその反応を窺っていた。この名刺はある意味キラーコンテンツなのだ。名のある銀行、職位こそないけれどエリートしか配属されない本店勤務。これだけの情報で、相手は時には信頼感を寄せ、時には恋の策略を企てる。亮は、何度もバーに通って会えなかったことで、連絡先を聞いていなかったことをとても後悔していた。だから、今度会ったら絶対に連絡先を聞いておこうと思っていたのだ。自分の名刺を渡せば、きっと初美さんも連絡先をくれるだろう。

「ふーん、エリートなんだ」

初美は大して興味もない表情であっさりと名刺をバッグにしまってしまった。

違う違う。そうじゃない、もっとちゃんと俺の名刺見て！　そして信頼して！

「私、今日は名刺持ってないの。ごめんね」

えええーーーー!?　何この斜め上の展開。ちょっと待って、普通これで連絡先が手に入るはずだよね。みんな女の子の連絡先ってどうやって手に入れているの？　どうやって仲良しになるきっかけを作ってるの？　誰か教えてくれよ！

初美は亮の動揺を心地よく弄んでいた。ふふ、名刺じゃなくたって連絡ツールはたくさんあるのに。彼が他の連絡ツールを思いつくまで教えないでおこうっと。

人は、簡単に手に入るものは大事にしないが、なかなか手に入らないものは大切にする。手に入れるまでに様々なコストをかけることによって愛着が生まれるのだ。初美は、相手の心を最大限まで惹きつけることで、初美の中での狩りが亮の中でのロマンスになるのを待っていた。そうすることで、聖なるマグマは昂り、エネルギーの交換は最高のものとなる。

「あ！　初美さん、SNSは？　やってないんですか？」

「もちろんやっているわ」

神よ……！　亮は心の中で天に跪いた。

「お、教えてください」

「なんで？」

「え？」

「なんで？」

「……え、ええ？」

神よ……。亮は心の中で地に膝を落とした。

亮は黙ってしまった。教えてと言って、教えてくれないというまさかの展開に動揺していた。恋に不器用な亮が、次になんの手を打つべきかわかるはずもなかった。

突然、初美が耳元で虫を追い払うような仕草をする。すると、その拍子にピアスが床に落ちてしまった。亮がピアスを拾って初美の手の平にそれを戻した。その時、初美はそれを受け取りながらさり気なく亮の指を軽く掴むように触れた。

「きゃっ、虫」

「ありがとう。耳元で虫の音がして驚いちゃった」

もちろん、虫など存在していない。亮に何か自分に向けた行為をさせ、その際に軽めのフィジカルタッチをするためのお芝居だ。ここまでの流れは、初美の巧みな強弱をつけた飴と鞭だった。

「亮くんは私のSNSが知りたいの?」

「もし……、初美さんがよろしければ……」

「いいわよ」

さっきのなんで攻撃はなんだったの? もしかして俺、振り回されてるの? で、でも、俺はこういうの、嫌じゃない。っていうか、何これ、楽しい……。

亮は完全に初美に恋をしていた。本人は恋という罠に自ら落ちていくことに気づくこともなく奥深く罠に落ちていくのだった。それはまるで、食虫植物に捕らえられた生き物のようだ。魅了され、嵌まり込み、夢を見ながら自分が死んでいくことも知らぬまま、植物の体の一部となって取り込まれていくのだ。初美は童貞界で美しく咲き誇る食虫植物なのだった。

何度かあのバーで待ち合わせを繰り返していた、ある晩の帰り道のことだった。二人は皇居近くの柳道を歩いていた。既に終電がなくなってはいたものの、亮は初美と離れがたくていたずらに帰りの時間を引き延ばしていた。

俺は何がしたいんだ？

あとは帰るしかないのに、まだ離れたくなかった。なかなか結論が見えない連続ドラマにハマってしまっているかのように、亮はこの日の区切りがつけないでいた。

後ろを歩いていた初美がふと立ち止まった。亮が振り返ると初美と目が合った。そのとたん、初美が亮の唇に自分の唇を重ねてきた。亮に取って初めてのキスだった。初美の柔らかい唇が亮の唇を甘噛みするかのように何度も絡みついてくる。亮は、硬直して無意識に指をまっすぐに伸ばし、ペリカンのようなポーズになっていた。

「じゃ、またね。私、明日から学会でシンガポールに出張なの。帰ってきてからまた連絡するわね」

そういうと、初美はさっと体を離し、ちょうど来たタクシーに乗り込んでしまった。音を立てて閉まるドア。亮は、茫然とそのタクシーを見送るのだった。

もしかして、いやまさか。

これをもう何度脳内でやり取りしただろうか。初美とは全然連絡が付かなかった。SNSでメッセージを送っても、既読にすらならなかった。

あのキスは……。もしかして、初美さんも俺のことを好きなのだろうか。いや、まさか。確かめたい。確かめて、ちゃんと大人の関係になりたい！

亮には、今まで自分が見えなかった大人の階段が見えていた。背後で同期の笑い声が聞こえるかのようだった。亮、お前はそのままでいろよ！と。

俺がこれをひとたび登れば、もう後戻りはできない。今まで邪悪だと思っていたセックスが、俺の中で生きる活力になろうとしている。引き返すなら今だ。でも、俺は知りたい。あの柔らかい唇以上のものを知りたい。ネットで探してもわからない。画像検索しても、構造がよく呑み込めない。穴とはなんだ？あの蛭のような部分とその周囲の関係性は？そもそも、どれが穴なのだ？バナナ大のものが入る余地など、女のアソコのどこにもないではないか。一説によると、女性のアソコの穴は鉛筆の芯くらいらしい。鉛筆の芯とバナナの関係は、いつどういうことで、納得のいく関係になるのだ。その時だった。

ピン――。

SNSがメッセージを受信した音がした。初美からだった。

「帰国しました。今夜、Teach me tonightで会いましょう」

茫然とスマホを見つめる亮の背後の窓で、重たい灰色の雲が立ち込めていた。

初美は、シンガポールから帰国してすぐ、初美はバーからほど近い高級ホテルにチェックインしていた。初美は、窓から夜空を眺めていた。機は熟した。今夜は儀式に相応しい夜だった。空の雲の流れは速く、厚い雲の切れ目から満月の明かりが漏れている。もうすぐ、嵐が来る。初美は、身だしなみを整え、部屋を後にした。

こんなはずではなかった。亮はことの展開に動揺していた。

今、目の前でバスローブを着た初美が、ルームサービスの生ハムを美味しそうに食べていた。

「亮くんも食べて」

初美の言葉に、亮は慌ててフォークを口に運ぶのだった。

ことの顚末はこうだった。

バーで待ち合わせをした二人は、軽く飲んだ後、食事をしようとお店を出た。しかし、ものすごい勢いの雨と風が二人を襲い掛かり、少し外に出ただけで絞れるほどに濡れてしまうほどだった。あまりの雨の勢いに亮はバーへ引き返そうと思ったのだが、初美がバッグを頭に乗せたまま通りへ走り出てしまったのだ。亮は後を追いかけるしかない。時折、初美は振り返るが、ついて来てと言わんばかりの表情を浮かべ、また走って行ってしまう。初美が息を切らせながら入り込んだ建物は、都内でも有名な高級ホテルだった。

「私の部屋へ行って、濡れた服を乾かしましょう」

そういうと、初美はさっさとエレベーターへ乗り込んでしまった。慌てて、その後へ続く。四角い空間に二人きり。初美が髪をかき上げると、長い髪の毛から雫がしたたり落ちる。そして、すっかり濡れてしまったブラウスは空気の入る隙もなく初美の体に貼りつき、黄色のブラジャーが透けていた。

そ、そういう色のものを付けるのか……！

亮は初美の下着の色に驚嘆した。今の今まで、女の人はみんな白い下着を付けるのかと思っていた。黒や赤はプロの人が付けるものだ。しかし、それ以外の色があったとは……。亮にとってまったく縁のない女性の下着の色に思考を奪われていたが、濡れたブラウスが谷間にもぴったりと貼りついているのを凝視している自分に気づき、慌てて目を逸らせた。


部屋はセミスイートルームで贅沢な空間にソファとテーブルがあり、その向こうにキングサイズのベッドが鎮座していた。亮の知るホテルの部屋のおよそ四倍はありそうな広さで、窓も大きく、都内の夜景が一望できた。

「これで拭いて。濡れた服は脱いでバスローブに着替えてね。私は寒いからシャワーを浴びてくるわ」

そう言い残すと、初美はさっさとシャワールームへ消えてしまった。亮は濡れて重たくなったスーツを脱ぎ、バスローブに着替えバスタオルで濡れた髪の毛を乾かした。そして、遠くでシャワーの音を聞きながら、これからどうなるのだろう？　と期待と不安で心の裏側に鳥肌が立つのだった。


「美味しい？」

「は、はい」

「じゃあ、乾杯しましょう」

初美が赤ワインの入ったグラスを挙げた。

初美の次に亮がシャワーを浴びている間、初美はルームサービスでいくつかの料理とワインのボトルを注文していた。そして、亮のスーツはホテルのクリーニングサービスに預けられていた。部屋に入ってから、全てが流れ作業のように順調だった。

亮は、赤ワインを流し込むと自分の置かれた状況が緩慢とした窮地であることに気が付き始めた。俺は、これから大事な選択をしなくてはならない。目の前には自分が恋する女性がバスローブ姿で食事をしながら寛いでいる。この時間の流れの先にあるものは、自分が期待しているものなのだろうか。俺は、自分の期待と向き合えるのだろうか。俺は、白い霧の向こうにある未知の世界へ行けるのだろうか。二人を乗せた舟のオールはどちらが握らなければならないのだろうか。具体的に言えば、初美さんと体を重ねるためには、一体何から始めたらいいのだ。

ふと、初美が立ち上がり、スマホをいじるとポータブルスピーカーから軽快なスウィングで〈No Moon At All〉が流れてきた。

〝アッチの空気に持っていきたいなら、キスをしてみたらいいわ。たった一回のキスで今夜はお月様が明るくなくて良かったってわかるわよ〟

あまりにも今夜に相応しい曲が流れたので、初美は思わず微笑んだ。そして、赤ワインを飲み干し、テーブルにグラスを置いた。

飲み干したグラスは、次のステージへ進むサインだ。ここへ新たにワインを注げば、今のステージがそのまま継続される。それを知ってか知らずか、亮がワインを注ごうとするのを初美は静かに止めた。

初美はそのまま窓辺へ向かった。いつもは美しい夜景の東京も、今夜は赤い警告灯が激しい雨風とは裏腹に音もなく点灯していた。眼下の木々が激しく揺れ、時折、激しい風に反応するかのように窓ガラスが短く唸った。

「亮くんもこっちへ来て嵐を見ない？　雷が美しいわよ」

その声に誘われるように初美に近づいたものの、横に立つのをためらった。なぜなら、亮の股間は既に大きく勃起していたため、横に並んでむやみに武士の刀を見せるわけにはいかなかったからだ。しかし、初美の背後に立つことによって、亮の硬いものが初美の腰に当たることになってしまった。腰を離そうとした時、初美が振り返り、甘えるように亮の腰に手を回した。

こ、これは!?

受け入れられているということなのだろうか。初美さんが目を閉じたら、俺はキスをしてもいいということだろうか。それとも、彼女からキスしてくるのを待つべきなのか。それとも、人差し指でおでこをつついて「ばーか」とかやるべきなのだろうか？　っていうか、馬鹿は俺だ。ここまで来て正解がわからない俺が馬鹿なのだ。

「何を考えているの？」

「俺……、は、初めてで、こういうシチュエーションに慣れてなくて……」

初美は驚く様子もなく柔らかな微笑みを浮かべると、亮をベッドへ誘った。

初美が横たわる。長い髪が枕にベッドに広がった。美しかった。初美の横で、亮はどこから触っていいのかわからず、初美の口元にかかった髪の毛をそっと指でどけた。初美が目を閉じた。亮は覚悟を決めて初美の唇に自分の唇を重ねた。

ついに俺は、大人の階段を上がるのか。

自分の二十七年間の人生が走馬灯のように廻った。さよなら、女性と無縁の切ない俺。

初美の舌は柔らかく、時に別の生き物のように動き、時に吸い付き、絡まり、巧みに亮を翻弄した。初美にとって、キスとはお互いのバクテリアの交換だ。人の太古の部分がお互いを探り合っている行為なのだ。舌を絡め、欲深く生命の本質を求め合うのだ。

亮は自分の口の中で女性の舌がお互いの動きに応え合うように絡む甘美さに夢中になっていた。亮の中では次のステップはなかった。唇を重ね、舌を絡めることで百パーセントの満足感だった。初美のひんやりとした腿が自分の股に滑り込んだ時、そうだ、俺にはここに快感配線の束があったのだと初めて気が付いたくらいだった。

改めて唇を離し、初美のうなじに顔をうずめた。甘いスパイスのような香りが亮をくらくらさせた。初美の香りを深く吸い込んだとたん、脳内のたがが外れ、体中に未知のエネルギーが駆け巡る感覚を覚えた。体の隅々にまでエネルギーの配線が巡らされているのだとしたら、そのどの配線にも快感というエネルギーがすさまじい速さで流れていた。な、なんだこれは？　これがセックスというものなのか？　いや、俺はまだ挿入をしていない。バンジージャンプで言えば、ヘルメットカメラをかぶったお笑いタレントが目を閉じて念仏を唱えている段階だ。落ち着け、俺。

初美がそっと自分のバスローブの紐をほどいた。亮が顔を上げると、バスローブがはだけ、今まで二次元でしか見たことのない、実際に肉眼で見ると神々しいまでに美しい乳房が露わとなった。初美の胸の谷間は、空気を弾くほどに張りがあり艶があった。そして、二つに隆起したその先端は、赤みを差した薄茶色。まるで白い絨毯に咲いた小さな薔薇の花のようだった。

亮は恐々と先端に触れ、その後、堪えきれなくなったように両手で乳房を強く揉みしだいた。

「もっと優しく……」

初美の小さなささやき声が聞こえた。亮は、ゆっくり息を吐き、美しい二つの隆起を震える手でいたわるように包み、用心深く手を動かしながらその様子を肉眼でしっかりと眺めた。

俺が揉む。おっぱいが揺れる。俺が揉む。乳首がとがる……。動画で見たのと同じだ。でも、これは動画じゃない。本物なんだ。それも、俺の恋した人のおっぱいなんだ。ああ、舐めたい。このおっぱいを舐めたい。っていうか、体中を舐めたい。

亮は、ソフトクリームを見つけてしまった子犬のように初美の首、鎖骨、脇、胸を舐め始めた。そして、一番舐めたかったベージュ色の先端を口に含んだ。初美が小さく声を上げて腰を浮かせた。ここなのか！　ここが女性のスイートスポットなのか！

よし、と気合を込めて力強く吸い上げようとすると、初美は少し顔を歪めながらそれをさりげなく静止し、起き上がった。続いて亮の乳首を優しく舌で転がし始めた。

今まで経験したことのない深いところから来る快感に、亮は思わず声を上げた。ま、まるでちんこと乳首が糸電話で繋がっているみたいに呼応している……。そうか……こんなふうに優しく……。

初美はじっくりと亮の乳首を舐め上げ、唇でもてあそんだ。乳首の感じる男性は往々にして耳にも性感帯がある。初美は、耳に向かって優しくキスをしていった。耳たぶを小さな唇に見立てて優しく甘噛みし、耳の縁に唇を這わせた。亮の体がのけ反る。そして、そのまま体を上位に移動し、自分の乳首が亮の耳に、そして唇に触れるように動いた。亮がまるで餌を求める雛のように乳房を求めてくる。初美が少し体を離すと、亮は舌を長く伸ばし乳首に触れようとする。

ああ、気持ちいいわ。素敵よ。こんなふうに欲望に純粋な動きは、童貞にしかできない。人が動物のように本能にのめり込む以上のセクシーさってあるかしら。亮くん、さっき私のうなじやこめかみの香りを嗅いで、体中に電流が走ったような感覚がしたでしょう？　私の体臭は少し特殊なの。私の匂いを嗅ぐと、人は快感神経が研ぎ澄まされるの。さぁ、私の汗を舐めて。私の汗は、更に特殊な媚薬なのよ。そして、私の愛液も……。

二つの豊かな膨らみの谷間がうっすらと汗で濡れていた。亮はそれをゆっくりと舐め上げた。そのとたん、亮の中で初美に対して眩暈がするほどの愛情がほとばしる。そして、自分の股間が人生で経験のないくらいに熱く血が集まっていく感覚を覚えた。おお……、我が息子よ！　亮は汗を舐めただけでたかぶる自分を制した。ダメだ。これでは初回が味気ないほどに早く終わってしまうじゃないか。なんだか、まるで全身の快感神経が全開になってしまっているかのようだ。

初美が上半身を起こしたまま亮のバスローブを徐々に脱がす。亮はバスローブからはだけた初美の美しい胸に両手を伸ばして今度は優しく揉んだ。

「柔らかい……」

思わず心の声が口に出てしまった。女性の体とは、なんと柔らかいのだ。マシュマロボディとかわがままボディとかいうけど、初美さんはマシュマロでもわがままでもないのに、なんでこんなに柔らかいんだ……。そして、なんて滑らかで美しい肌なんだ……。

初美は亮が自分を見上げて胸を愛撫するのを眺めながら、艶めかしくバスローブを脱いでいった。亮は視線を初美の肉体を舐め回すように這わせた。お椀型の豊かな乳房にベージュ色の乳首、そして平らなお腹と健康的にくびれた腰。どれをとっても美しかった。少年漫画のグラビアにもこんな美しくて肉感的な女の子はいなかった。

亮は初美の腰をゆっくりと上から下へなぞった。初美の大事なところに視線を送ると、自分の肉棒が上手にそこを隠していて見えない。おい！　見えないぞ！　自分の体を動かそうとすると、初美がそのまま覆いかぶさってきた。再び熱いキスを交わす。ただ、今度は自分の肉棒が初美の体に挟まれて圧迫されていた。初美の香りと汗の刺激でもう亮の肉棒は限界まで大きく膨らみ、熱くなっていた。こんなに興奮してしまって、一体俺はこの先どうなってしまうんだ。

初美は、亮の手を取り、自分の尻へ誘導した。亮の大きな手が初美の尻を撫でまわす。大きく円を描くように、そして、その中心の窪みに指を這わせる。

亮は、初めての女性の生尻を捕らえ、あまりの柔らかさに動転していた。なんなんだこれは。例えるなら、トロサーモン。いや、大トロ。いや、魚じゃない。っていうかこの世のものではない。この世にこれより心地いい柔らかいものなんて存在するわけない。感動を覚えながらも、自分の奥の方から突き上げてくる名状しがたい欲求が、尻の割れ目の奥の方、初美の秘部へと指を這わす。恐々と触れてみると、そこは神秘の泉のように冷たい体液がこんこんと湧き出ていた。そして、初美の秘部には陰毛がなかった。

初美は体をずらし、大きくなった亮の肉棒を巧みに自分の尻で挟み、少し股を開いて秘部の入口へと招き入れた。滴るように濡れそぼった陰部を肉棒の頂点ぎりぎりまで這わせ、そのまま肉棒の付け根までゆっくりとスライドさせる。初美はその硬くなった肉棒を自分の中に深く沈めたいのだが、その強く求める自分の欲望を最大限まで膨らませるまで、我慢していた。大きく膨らんだアーモンドがスライドするたび刺激されて、軽い電流のような快感が体中に駆け巡る。その度に、初美の愛液は豊かに溢れ、またそれが滑らかな刺激を生んでいた。

亮は、初美の可愛らしい喘ぎ声に更に肉棒が熱くなるのを感じた。初美の滑らかな陰部が自分の肉棒の敏感でない方を刺激し、これから起こるであろうこれ以上の快感に、心の奥の秘密の扉が開こうとする感覚を覚えていた。一方でこの扉を開くと、自分の中の何かがどこかへ解き放たれてしまいそうな不安も感じていた。

もう少しだわ。初美はいよいよその時が来たことを直感した。もうすぐ、魂と魂が一つになる時が来る。お互いの体を愛撫しながら、快感で体の中をいっぱいにする。快感が溢れそうになるのを我慢しながら、快感のバイブレーションが調和していくのを待つのだ。

初美は亮と舌を絡ませながら、永遠に溢れる愛液の源泉へと肉棒を導いた。熱く硬くなった神聖なる肉棒が、厭らしい音を立てながらその一部をめり込ませてくる。自分の愛液が肉棒を露まみれにしていく様がわかる。初美はゆっくり、ゆっくりと亮を自分の奥の方へと導いた。

亮はついに自分の硬くなった肉体の一部が初美の中へと入っていく様に神経を集中させていた。中は温かく、そして適度にきつく、ざわざわと亮を刺激した。そして、すっかり亮のものが初美の中に入り込んだ。

ぐはっ！　こ、これは……！　今、俺の顔を漫画に例えるなら『ガラスの仮面』の白目キャラだ。この衝撃的な感覚……。

亮の肉棒はこの世のすべてのものを投げ打ってもいいくらいの快感に包まれていた。そして、自分の意識とは無関係に勝手に肉棒が奥へ奥へと吸い込まれていく。なんだ、この感覚は？　まるで何万という微細な繊毛が意識を持って動いているかのように艶めかしく刺激してくる。初美は動いていない。亮は、ただ腰が浮いてしまうほどの快感に戸惑うばかりだった。今、初美に動かれたらそのまま簡単にフィニッシュを迎えてしまうだろう。どうかこのまま、動かないで……。

初美は自分の体を良く知っていた。初美は自分自身が動かなくても絶頂を迎えることができるし、相手にも動かず絶頂を迎えさせることができる。初めてのエネルギーの交換は繊細な刺激だけで十分にお互いが一つのエネルギーとなることができるのだ。あともう少し。私のエネルギーと彼のエネルギーを循環させたい。

初美は激しく亮の唇を求めた。亮の肉棒から伝わるエネルギーを自分の体に巡らせ、そして初美の口から舌を絡ませながら初美のエネルギーを亮に送り込む。亮はまたそのエネルギーを体に巡らせ、肉棒から初美へとエネルギーを送る。これを高速で行うことで、お互いは真に一つとなり、一つとなった体は宇宙とも一体になるのだ。

初美が激しく舌を絡ませてきた。なんてプリミティブな動きなんだ。舌だけでも高まるのに、俺のアイツが初美さんの中で無条件降伏状態快楽を受け入れている。体の中を廻る快感に自分自身が吹き飛ばされてしまいそうだ。セックスって……セックスってこんなに気持ちがいいものなの？　動かなくって良かったの？　俺、マジ、知らなかった……。

初美の中がひときわ悩ましくざわつき始めた。亮の肉棒に絡まる何万もの未知の生き物が快楽の粒を一つ一つ弾けさせていく。悦びの速度が上がり、物体が消えて見えなくなるかのように振動が更に細かくなっていく。

初美には眩しい光が見えていた。天国の入口……。ああ、体中のすべてが快感で満たされてる。熱くて硬い若者の肉棒が私の中で快感に喘いでいる。私の中も、自分ではもうコントロールができないくらいに肉棒に纏わりついている。微細な電流のような快感が私のクリトリスから乳首へ、そして舌へ、そして体中へと凄まじい速度で流れていく。ああ……！

イクッ——！

同時に、初美の中の急激な変化に亮の高まりは頂点に達し、抗うこともできずに初美の中へ迸った。亮の体液は止まることなくドクドクと勢いよく流れ出ていく。ああ、なんて気持ちいいんだ……。気持ちいいという月並みな言葉以上に相応しい言葉が見つからない。もう、最高！

初美の中で神聖なる狩りの儀式は終了した。狩った獲物は大事に調理をする。それが初美のモットーだ。初美は、朝が来るまで亮を美味しく調理し頂くつもりだ。

「初美さん……。俺、初めてだったから……」

初美は亮に素早くキスをして、次の言葉を言わせなかった。

「亮くんとのエッチ、とっても気持ち良かったわ。すごく、気持ちよかったの。本当よ。夜はまだ長いわ。大人の階段、ひとつずつ昇らせてあげる」

そう言うと、初美は再び亮を求めるのだった。

●その人物、人相鑑定につき

「ぷはぁー！」

熱い湯船に入ると、瞳は両手を高く上げて伸びをした。休日の午後、銭湯はまだ空いていた。おばあさん達は脱衣所で井戸端会議に興じていてなかなか洗い場には入ってこない。人のいない広い湯船で、目いっぱい手足を伸ばして湯に浸かる。これが瞳の休日の過ごし方だ。脱衣所でひときわ大きな笑い声が響く。ああ、平和な下町の光景だ。

幼い頃、瞳はよく休日になると父にせがんで銭湯の一番湯に連れて行ってもらった。男湯で、おじいさん達が面白い話をしてくれたり、お湯で遊んでくれたりするのが大好きだった。下町の銭湯はお湯が熱くて、活気があった。もちろん、もう男湯に入ることはないけど、瞳にとって銭湯は幼い頃から慣れ親しんだ寛ぎの場なのだ。

「瞳ちゃん、まだ結婚しないの？」

後から湯船に入ってきたお節介なおばさんが話しかけてくる。面倒だが、織り込み済みの面倒でもある。

「いい人いないんですよぉ。誰か紹介してくださいよぉ」

「瞳ちゃんくらいべっぴんさんなら選び放題でしょうに」

「もう私、アラサーですよぉ。突き出ちゃった方のアラサーですよぉ。ヤバいです。彼氏もいないとか」

「伊藤病院のせがれ、出戻ってきたってよ。子持ちだけど。瞳ちゃん、どう？」

「いや、突き出てもまだアラサーなんで、夢があるんで……。はー、のぼせちゃうなー。もう上がりまーす」

音を立てて勢いよく湯船から上がると、背後でお節介おばさんの声がする。

「はいよ、脱衣所でまだ和田野さんちのおばあちゃんがいたら、早く入っといでって言ってちょうだい」

「はーい」

大眉瞳、三十二歳。器量の良さと愛想の良さを武器に、丸の内で大手企業の受付嬢として働いている。あまり難しいことは考えない。良くも悪くも人の優しさに支えられて生きているタイプだ。職業柄、男性との出会いはたくさんあるし、誘いもたくさんある。役員から「うちの息子の嫁に」と声がかかることもあるほどだ。それなのに、結婚はおろか、彼氏もできないままでいる。それは、瞳のある能力が彼女の恋を邪魔しているからだった。

「瞳ちゃん、たまには俺と一局頼むよ」

脱衣所からフロントに出ると馴染みのおじいちゃんから声がかかる。

「えー？　いいけど、おじいちゃん、私、将棋が超絶弱いから、つまらないんじゃない？」

「それがいいんだよ」

「何よそれー。じゃあ、コーヒー牛乳買ってくれるならやってあげる」

「いいよ、いいよ。コーヒー味でもイチゴ味でも初恋の味でもなんでも買ってやるよ。ほれ」

渡された小銭を握りしめ、冷蔵庫から冷えた瓶のコーヒー牛乳を取り出す。フロントにお金を払うと受付のおじさんが「ほどほどでいいからな。じいさん、風呂にいるよりここで将棋指してるほうが長えんだから」と下の歯を見せてニヤリと笑った。

「さぁさ、瞳ちゃんが先手でいいからさ」

駒を並べた盤の前でおじいちゃんが手をこすりながら待っている。

「よーし、じゃあ、行くよ！」

瞳は一気に半分まで飲んだコーヒー牛乳の瓶を置くと、最初の一手を指す。いつの間にか、人が集まり出し、瞳に手を指南するギャラリーが増えてくると、おじいちゃんが完全に攻め込まれ、考える時間が長くなってくる。「これはまずいぞ……」おじいちゃんは腕を組んで考え込み始めた。すると瞳は手持無沙汰から、ついいつもの癖でおじいちゃんの顔を眺めて意識を集中してしまう。すると、おじいちゃんの顔面にあるモノが浮き出て見える。

太くて長い……。少し脂肪分の多い肉付きで亀頭が大きくて雁は広め。このおじいちゃん、男としては終了している年齢なんだけど、いいモノ持ってるのよね。自分でその価値わかってるのかしら。

「これでどうだ！」

おじいちゃんが次の一手を指すと、背後のギャラリー達から「あー、おじいちゃん、また負けたよ」という声が上がり、瞳は「はい、王手」と最後の一手を決めるとギャラリーから拍手が上がる。

「私、弱いのにみんなに助けてもらったら勝てちゃった！　みんな、ありがとう。おじいちゃんごめんね。でも、おじいちゃん、すっごくいいモノ持ってるんだから、将棋に負けるくらい、どうってことないっしょ」

「え？　なんのことだい？」

　銭湯を後にすると、もう夕暮れ時だった。昼が夜に場を明け渡そうと静かにゆっくりと姿を消していくのと同時に、まだ役割を果たしきれてない街灯がひとつ、またひとつと灯り始めた。瞳は、おじいちゃんの顔を思い出して吹き出しそうになった。おじいちゃんのいきり立ったイチモツなんて想像もしたくないけど、あのおじいちゃん、確実にすごいイチモツを持ってるのよね。

　瞳には、他人にはない特異な能力が備わっていた。その能力とは、男性の人相を見るだけでその人の性器が顔面に浮き出て見えるというもので、それに加え、その人の精力の強さなどもなんとなくわかるのだった。それは経験値の高い名人芸というよりは説明不能な神秘の世界だ。そして、そのせいで出会いはあってもなかなか恋に発展できないでいた。


「おはよう！　大眉さん、今日も美しいねぇ。鶴田さんも素敵だよぉ」

「おはようございます、岡崎部長。ご親切なお言葉、ありがとうございます」

いつもの冷やかしを受け流す。山崎部長……、あんなふうに女性に対してこなれた感じで挨拶してくるけど、あの人相から見えるものは短小なのよね。そして、彼は絶対に受付嬢をナンパするような行動には出ないの。軽口を叩く紳士を気取っているけど、実は自分のサイズにものすごくコンプレックスを持っているのよ。あ、飯島さん。彼は大人しくて控えめなタイプだけど、案外硬くてしっかりしたモノを持っているのよ。でも、少し早漏気味ね。あら、今通り過ぎた浜口さんは太さも長さも硬さも何もかもが普通なモノなのよ。これ以上ないってくらい特徴がなく普通なの。だからそれを補うために女性にはマメだし、テクニックを駆使して喜ばせようとするタイプね。いつも思うけど、アソコの形や強さはその人の普段の行動に大きく影響しているわね。

瞳が目の前を行く男性たちの人相を眺めながら暇つぶしをしていると、お客様がやってきた。

「あの、おはようございます。企画部の小峰部長と十時にアポイントを取っているのですが」

「おはようございます。それでは、こちらに会社名とお名前をご記入ください」

同僚の鶴田が対応する。その隙に、瞳はこの来客の顔に意識を集中させた。見慣れた顔を判定するよりも、新しい顔を判定するほうが面白い。マンガだって何度も読み返したものよりも、読んだことのない物の方が新鮮に楽しめる。

この男性のイチモツは……、そうね、竿は短めでやや太め、脂肪分の少ない切れ味のいい硬さで、亀頭は小ぶり。小さな成功で満足してしまうタイプね。うん、だいぶ惜しい。

男性が去ると、鶴田が囁く。

「ねぇ、今の人、素敵じゃなかった？」

「そうかな。（だいぶ）惜しいって感じじゃない？」

もう、瞳さんは面食いなんだから、と鶴田は笑う。そう言われても、瞳にはその男性の顔はまったく記憶になかった。記憶にあるのは、イチモツのイメージだけだった。瞳は顔面に浮き出るイチモツの印象ばかりを記憶していて、その人物の人柄を知りそびれてしまったり、いい人柄だと評判だったとしても浮き出るイチモツがそれを否定したりして、出会いをみすみす逃しているのだった。しかし、そんな瞳にも理想のタイプがある。タイプというか形状と性格のバランスが健康的な男性がいいと思っている。瞳は、性器によって性格の傾向が左右される男性をたくさん見てきた。例えば、性器が巨大な男性はテクニックがなく、前戯も疎かですぐに挿入したがる。性格的傾向としては、自分勝手な人が多い。上昇志向の強い男性ほど性に対する欲求が強く、年齢を重ねても衰えない人が多い。男性の多くが女性は巨根であればあるほど悦ぶと誤解している人が多いが、実は女性にとってみればサイズはあまり関係ない。サイズよりもフィット感。テクニックよりも角度。強さよりも感度。この情報を把握している男性は意外に少ない。瞳は、見えてくるイチモツと人柄とのバランスが取れているような男性を求めていた。

定時が過ぎ、ロッカーで着替えている時だった。

「ねぇ、瞳さん、知ってる？　男の人のアソコって、指を見ればわかるんですって」

鶴田が好奇心を抑えきれないという表情で瞳に話しかける。

「え？　指で？」

「そうなの。ネットのニュースで読んだの。人差し指よりも薬指の長い人はアソコが大きいんですって！　くー、営業の吉田さんの指、気になるぅ」

「営業の吉田さん……、たぶん大したことはない思うけど……」

「なんで知ってるの!?　見たの？　見たの？」

「見たっていうか……」

「指、見たの!?」

そこへ、派遣社員で秘書をやっている田中がこの話題に入ってくる。

「私もそのニュース見た！　薬指とアソコって男性ホルモンに影響されて成長するんだって。気になって吉田さんが書類を持ってる手を盗み見てみたの。あんなにイケメンなのに意外にも薬指の方が短かったわ。残念よね、天は二物を与えずっていうか。

それでね、それからいろんな人の指を意識してみるようにしてたの。そしたら、私、薬指が他の指よりもダントツで長い男性を見つけたのよ」

「え？　誰、誰？」

他の女子社員たちも集まってくる。皆で田中を中心に肩を寄せ合う。

「それがね……、意外なことにね、緒方社長だったの！」

えー!?　と驚きの声が上がる。あの禿げ上がったおじさんが!?

「緒方社長の薬指ってね、なんと中指よりも長いのよ！」

キャーッ!!　とひと際大きな歓声が上がる。まるでアイドルを発見してしまった女子高生のような黄色い歓声の中で、瞳だけが納得顔を浮かべていた。

なるほど……、確かに緒方社長は大きなイチモツを持ってるし、加えて精力も絶倫のはず。瞳は指を見る必要がない。指を見なくとも顔を見れば、ありありとその男性の性器が浮かんで見えるのだから。しかし、自分の判定と同様の判定が指の長さで出来るとは驚きだった。

「やっぱり、デキる男って仕事もアソコもばっちりなのね」

瞳がそう言うと、やだぁと言いながらみんなが笑い転げた。

その日の午後は来客の嵐で、受付は優雅な対応をしながらも内情は大わらわだった。午後のピークを過ぎた頃、また来客が現れた。

「失礼いたします。システム部の内藤さまとお約束している菊田と申します」

「それでは、こちらの用紙に会社名とお名前をご記入いただけますか」

瞳は入館受付用紙を男性に渡した。彼の顔を見る。いつもの癖で、その人相に集中する。ここで、瞳は初めての体験に「あ!」と声を上げてしまう。男は一瞬、瞳の方を見るが気にも留めていないようだった。隣で鶴田が〃知り合い?〃とメモをよこす。瞳は静かに首を横に振る。瞳はその男の顔に釘付けで、目が離せないでいた。

男は、形のいい濃い眉にアーモンドのような目をしていた。整った鼻梁の下には小さな唇、男性にしては線の細い顎に整えられた三日髭が蓄えられている。その髭は、子供っぽい少年アイドルが頑張って男らしく見せているかのようだった。少し長めの髪を自然な形で七三に分け、小柄な体躯に、ぴったりとした細めのスーツを着こなしていた。瞳には、この男の顔をいくら眺めても、彼のイチモツが見えてこなかった。こんなことは初めてだった。瞳はとっさに、男の指に視線を這わせた。書類を持つ手から辛うじて指の長さが見える。その指はとても白く細く長く、美しかった。薬指が人差し指よりも長いことより、その指の美しさに目を奪われた。

「あ、あの、お名刺をいただけますか」

気が付いた時には瞳から男性に声をかけていた。隣で鶴田が目をまん丸くしている。

「僕の名刺ですか？　え？　受付に……？」

「あっいえ、あの、いいえ、私の連絡先を受け取ってください」

真っ赤な顔をして瞳が自分の連絡先を書いたメモを男性に差し出した。男性は少し面食らったがすぐに納得したような顔をして「ありがとう」とほほ笑んでメモを受け取った。瞳はその笑顔に吸い込まれるような気がした。彼は、瞳が初めて出会った、性器の見えない人相をした男だった。

男性から連絡が来たのは、翌日の夜だった。男性は、菊田優といった。小さなシステム会社を経営していて、菊田の独自に開発したシステムがプロジェクトの一部に採用されたとのことで、今後も瞳の会社には顔を出すという。自分から男性に声などかけたことのなかった瞳は、なんと大胆なことをしてしまったかと当日の夜は胃が痛くて眠れなかった。鶴田は「瞳さんってああいう可愛らしい男性がタイプなんですか？」と少し呆れていたが、好みというよりは興味に近い、と自分に言い聞かせていた。

しかし、ついに二人きりで会う約束が叶った時には、目の前で菊田が少し広めに股を広げて椅子に腰かける様や、照れて鼻筋を掻く仕草に瞳の心はバキュンバキュンと射抜かれっぱなしだった。瞳は、性器の見えないこの男性に、すっかり恋をしてしまった。

数度のデートを重ね、初めて手を握る時、瞳は菊田の指をまじまじと眺めた。性器が見えないということは、瞳を自由にする反面、不安にもさせた。菊田の薬指は、人差し指よりもずっと長く、中指と同じくらいの長さをしていた。そして、瞳はそれを知ったところで大した意味がないことに気がついた。なぜなら、菊田のすべてが魅力的に映り、性器の形などとは関係なくストレートに瞳の心を惹きつけるからだ。瞳は菊田がどんな性器を持っているかなど関係なく、菊田自身を愛していた。例え、菊田のアソコがえのきだけのような意外な状態だったとしても、彼を愛し続ける自信があった。

　瞳と菊田は手を繋ぎ、互いに見つめ合いキスをする仲になった。しかし、何度唇を重ねようとも菊田は瞳と一線を越えようとはしなかった。ある晩、一緒にお洒落なバーに出かけ、二人でグラスを傾けていた。背後にはレイ・チャールズの〈I want to talk about you〉が流れていた。〝あなたのことを聞かせてちょうだい。月とか星とか、火星上にあった物体とかそういう話はもう何度も聞いたわ。私のことが好き？　っていう質問の答えは天国に帰っちゃったの？　お願い、心から愛してるって言ってちょうだい。私はあなたの話が聞きたいのよ〟レイの声が切なげに響く。瞳は意を決して聞いてみた。

「優くん、私ともっと……、ううん、今夜は優くんのおうちに泊まってもいい？」

　菊田は何も言わず、瞳を見つめ返した。その眼には拒絶の色はなかったものの、少し躊躇している様子が窺えた。「無理にとは言わないけど、明日はお休みだから」と俯くと、菊田は何かを決意したように口を真一文字に結び、瞳の手を握りしめた。そして、菊田の家に着くまで、その手を離さなかった。

菊田の家はモデルルームのように生活感がなかった。黒と白でまとめられたインテリアは都会的で、無駄なものが何一つ置いてなかった。菊田は、瞳をベッドに座らせると、目の前にしゃがみ、瞳を見上げた。

「瞳ちゃん、僕のこと好き？」

「大好きよ。優くんが大好き」

その言葉をきっかけに、菊田は堰き止めていたものが弾けるように素早く瞳を押し倒した。「瞳ちゃん、好きだよ……」とささやく菊田の声は上ずっていた。ついに、来る――。瞳は目を閉じて菊田に身を任せた。

目を覚ますと、隣で裸の菊田が寝息を立てていた。瞳は満ち足りた気持ちだった。菊田の横顔は昨日の横顔と違ったように見えた。閉じた目のまつ毛が愛おしかった。小さな唇も細い顎も、可愛らしかった。手を伸ばし、菊田の乱れた前髪に触れた。昨晩、瞳は思いがけない展開に我を忘れた。そして、昨日よりもずっとずっと菊田を愛する気持ちが強くなっていた。

こんな出会いってあるんだ……。っていうか、これって運命じゃない？　この能力を背負ってきた私に、きっと神様が運命の人へと導いてくれたんだわ。

まだ眠っている菊田の肩にキスをした。その刺激に、菊田は眠そうに目を開け「おはよう」とほほ笑んだ。愛おしくなって、瞳は菊田の手を取り自分の胸の膨らみを握らせた。

「瞳ちゃん、かわいい……」

菊田は眠そうな声で囁き、指を瞳の体に這わす。瞳が小さな喘ぎ声をあげると、菊田は優しく瞳を愛撫し始めた。瞳は、それに応えるように菊田の頭に腕を回し、唇を求めた。昨日も激しくお互いを求め合ったのに、尽きることのない欲情が瞳を再び熱くさせる。菊田がサイドテーブルに手を伸ばした。そして〝レ〟の字の曲がった双頭ディルドを取り出し短い方のヘッドを菊田自身に装着した。すると、菊田の股間からまるで本物のペニスが生えているかのようにソレがそそり立った。

ああ、これほどの理想がある……？　彼には、いくら顔を眺めても最初から私に見えるはずのモノなんてなかったの。人工的に完璧なイチモツとして作られたものが、彼のペニス。装着も脱着も可能なペニス。新しく買い替え可能な立派なペニス。ある意味、えのきだけよりも意外性のある……っていうか、意外でしかないわ。まさか優くんが元女性だっただなんて……。

菊田の股間から生えたディルドが瞳の中にゆっくりと挿入される。菊田が手元にあるリモコンのスイッチを入れると、ディルドが音を立てて振動し始めた。

これぞまさに理想……。バイブレーターも兼ねたイチモツ。いくら緒方社長が絶倫で巨根であっても、絶対にこれには勝てない。だって、彼の愛撫に終わりはない。形も理想しかない。そして何より、仕事が出来て優しくて超かっこいい。

「優くん……、大好き……」

瞳はめくるめく快感の中で、心からの声をささやく。すると、菊田がそれに応えるかのように腰を振り、瞳は大きな声を上げて果てしない絶頂を迎えるのだった。

恋はデジャヴ

十八時、渋谷駅前は人でごった返していた。街のあちこちで一足早いクリスマスのイルミネーションが輝いていた。正善が待ち合わせ場所に向かうと、既に良佳《よしか》はその場所に立っていた。良佳は必ず正善よりも早く到着する。遅れたことは今まで一度もない。正善の姿に気が付くと、良佳は嬉しそうに小さく手を振った。彼女の鼻先が、寒さで赤くなっていた。

「お待たせ。ごめんね。俺、少し待たせちゃったかな」

「ううん、大丈夫。時間、ぴったし」

平日のデートは久しぶりだった。良佳が社会人になってからは、学生の頃のように平日の昼間のデートはなかなかできなくなったし、週末に会うことはあっても、夜に待ち合せというデートは滅多にしたことがなかった。歩き始めてすぐに正善は良佳の手を握ろうとしたが、その時彼女がふいにバッグを持ち替えたので、その手は行き場を失い結局コートのポケットに収まった。手は、食事を済ませた後でいいかな。正善はそう自分に納得させた。年明けから良佳と交際を初めてもうすぐ一年。その間に、良佳は社会人になり、正善は大学の研究室に残ることにした。そして、二週間後には二人で過ごす初めてのクリスマスがやってくる。正善はこのクリスマスをターゲットに、良佳との仲を大人の関係にステップアップさせたいと思っていた。別に正善が特別奥手だというわけでも、童貞だから前に進む勇気がないというわけでもなかった。ただなんとなくそのタイミングがつかめなかったのだ。正善は行動を起こす以前に、相手の様子をうかがうだけに終始してしまっている自分を日々反省していた。

二人は渋谷の円山町のテーブルが三席ほどのこぢんまりとしたイタリアンに入り、これからやってくるクリスマスの計画を立てた。コートを脱いで白いセーター姿の良佳は可愛かった。たっぷりとしたセーターの上からでも豊かな二つの膨らみがわかる。良佳は正善の視線にまったく気づくことなく、クリスマスは夢の国へ行こうと提案をしてきた。しかし、当然のことだがその日の夢の国の前売り券はとっくに完売していた。正善は考えた。そのシーズンは、イタリアンやフレンチ辺りがきっと人気で予約が取りづらいだろうから、ここは敢えての蕎麦屋で鴨鍋をつつきながらメリークリスマスというのはどうだろう。いや、やはりここは奮発して寿司屋に行くべきなのか。いやいや、店に行くというよりは部屋でデパ地下お惣菜のクリスマスというのもいいかな。いや、その場合はどちらの部屋に行くか決めるのがややこしいかな。あ、そうだ。いっそのことどこかホテルの部屋を予約してしまえばいいんだ。いや、それはちょっと高くつきすぎるな。もう、それなら海の近くのペンションでいいんじゃないかな。そうだ、それがいい。冬休み中なら研究の合間にバイトも出来る。予算はなんとかなりそうだ。よし、海の近くのペンションで二人きりのクリスマスだ！

「じゃあ、いっそのこと海辺のペンションで一泊し……」

「お待たせいたしました。小エビのトマトクリームパスタのお客様は……」

「あ、私ですー。わぁ、美味しそう！　あ、シェアしたいので小皿持ってきてください。あ、ごめん。正善くん、今なんて？」

「うん、いろいろ考えると都内は混雑しているだろうからいっそのこと海に……」

「お待たせいたしましたー。小皿お持ちいたしました」

「あ、グラスの白ワインをもう一杯お願いします」

「海に、っていうか海辺の……」

「同じものでよろしいですか？」

「あ、同じものでいいです。あ、やっぱ違うのにしようかなー。メニュー、いただけますか？」

正善は、ウェイターが立ち去るのを待って、もう一度口を開いた。

「だからさ、東京から脱出して海辺のきれいなぺ……」

「お待たせいたしましたー。メニュー、お持ちしましたー」

「うーん、どれにしよう？」

「海辺の」

「うん？　軽めのねぇ……。じゃあ、この上から二番目のやつで」

「かしこまりました」

「海辺って言ったんだよ」

「何が？」

正善は、とりあえず今はこの話をするのをやめようと思った。

「グラスワインと、しらすとガーリックの和風パスタ、お待たせいたしましたぁー」

うん、お店を出てから歩きながら話そうかな。きっとそれがいいんだろうな。

「ねぇ、正善くん、明日は朝が早いの？」

「そんなことないよ」

「そう！　じゃあ、私、明日はお休みだし、お給料が入ったから今夜はもっと遊びたい！　実は行きたいバーがあるの。食事が終わったらそこでもう少し飲まない？　次は私がごちそうするから」

正善はとっさに自分の財布の中身を思い出そうとしていた。「明日は休み」「今夜は遊びたい」「もう少し飲もう」この三つのキーワードから連想されるものは「クリスマスまで待てないの、私」という彼女からのメッセージに違いない。いや、でも本当に純粋にもう少し遊びたくて飲みたいだけなのかも。あるいは、この誘いに対する俺の反応を見ているのか。

「もちろん、いいよ。ごちそうしてくれるなんて、やっぱり社会人は金持ちだなぁ」


店を出て、良佳が行きたいと思っていたバーの場所を探していると、ラブホテルが立ち並ぶ通りに出てしまった。「あれぇ？　この辺だと思ったんだけどなぁ」良佳は辺りを見渡し、目的のバーの看板を探した。

おい、これはいよいよ直球の誘いが来たんじゃないか。こんなところで立ち止まるってことは、俺が彼女の手を引っ張って、あのレンガの塀の向こうにある自動ドアに入っていけばいいだけってことだろ。素早く看板を見る。休憩三五〇〇円からだと？　正善の中で、カンと決意の鐘が鳴った。行ける！　いや、行くぞ！

正善はすかさず良佳の手を取り、引っ張った。すると、良佳の手から白いミトンの手袋だけがするりと抜け、正善の手の中で息絶えた生き物のように虚しく萎れた。

「あ！　なんで手袋取るのぉ？　寒いよ」

良佳は正善がふざけたのだと誤解し、笑いながら手袋を取り返し、仕返しに正善のマフラーを取り上げた。「あっ！　こら！　返せ！」正善が手を伸ばすと、良佳は笑い声を上げながら逃げていく。良佳、ダメだ。そっちへ行っては、ラブホが遠くなるだろ……。

「あ、正善くーん、もしかしてこっちの方かもー！」

通りを抜けたところで良佳が正善のマフラーを振り回しながらラブホテル街とは反

対側を指さしていた。

良佳は可愛い。正善の好みのストレートの黒髪、少し白く華奢な指をしているのに、胸はグラドルのように大きい。夏は肌の露出が増えて本当に見ているだけで幸せだった。彼女の水着姿が見たくて海へ遊びに行く計画を立てたが、季節外れの台風のせいでお流れになってしまった。そういえば、春のお花見では彼女のお手製のお弁当を食べたこともある。あの時、シートを敷いてそこに座ればタイトスカートから正座した腿が間近で見られると思ったのに、結局シートを敷く場所が取れなかったのだった。正善は、脳内では何度も良佳の裸体を舐めまわしているのだが、実際のところは手を握って歩き回るくらいのことしか出来ていない。キス。そう、キスにさえ持ち込めれば後の流れは簡単に作れるものだということはわかっている。しかし、そのキスはいったいどこでするものなのか？　公園？　昼間の公園は明るすぎて無理だ。夜の公園はそこへ連れていくだけのポテンシャルが俺にはない。非常扉の裏？　裏に回ればこちらが表であちらが裏。どちらに回っても人は来る。非常階段の踊り場？　それってサスペンスドラマの中だけでしょ？　電柱の影？　無理無理。円柱だから一周回ってもそもそも隠れる場所がないの。丸見えなの。いやー、今思えば、誰もいない教室あたりが狙い目だったたか。

「正善くん？　もう一杯飲む？」

「あ、うん、そうだね」

バーのお客はまばらで、店内では〈I don't stand a ghost of a chance〉が流れていた。〝君が僕からの優しいキスを受け入れてくれるなら、僕が君の恋人としてどんなに相性がいいか、そして僕の愛がどんなに本物かってことがわかるだろうよ。だけど僕の密やかな素晴らしい計画も、ただの夢に終わるってことはわかってるんだ。だって君が僕に応えてくれる見込みはまったくないのだから〟

正善はこの曲の歌詞を知ってか知らずか、今日の落としどころはどこかと考えていた。新しく来たハイボールを一口飲んだ。

俺の部屋？　良佳の部屋？　ラブホ？　まさかのアウトドア？　いくら優柔不断な正善でも、今夜が一線を越える最大のチャンスだということくらいはわかっていた。

やはり、ラブホテルへ行くのが一番だろう。この店を出て、駅へ戻る道すがら、さりげなくラブホテルが立ち並ぶ通りへ誘導出来ないだろうか。近道をしよう。そうだ、近道をしようと言えばいい。そうして、今度こそ手袋だけじゃなく、良佳をこの手に掴んでホテルに直行だ。なんて素晴らしい計画なんだ。

「正善くん、クリスマスの計画なんだけどね。いいこと思いついたの」

「良佳、それよりこの後……」

「お待たせいたしました。ハイボールでございます」

ま、またかよ！　東京のウェイターはそういう組合でも作ってるのか。なんで大事なことを言おうとすると割って入ってくるんだよ！

正善はハイボールをあおった。その拍子に氷が口元へ転がり、ハイボールがこぼれて顎へ流れた。「ワイルドだねぇ」と言って良佳がハンカチで拭いてくれた。

「ああ、俺はワイルドだ。ワイルドの塊だ！」

そう言えたらどんなに楽だろうか。しかし、ただの脳内ワイルドな正善にはとても出来ない。せいぜい「ありがとう」を「サンキュー」と英語に言い換えるくらいの勇気しかない。

「それでね、正善くん。クリスマスの計画でいいこと思いついたの」

「うん」

正善は周囲をうかがった。こういう時に限ってウェイターは来ない。遮って欲しいのに。組合員は何してるんだ。

「クリスマス、私の実家に遊びに来ない？」

「えええええ!?」

「あんまり構えないでよ。クリスマスだし、お料理とか作りたいし実家だったら広いし。うちの家族は気さくだから気兼ねしないで楽しめると思うよ」

「い、いいのかな」

「絶対そっちの方がいいって。ね、そうしようよ」

「わ、わかった。じゃあ、そうしようか」

流される俺。どうしてこうなるんだよ。二人きりのクリスマス。大人の関係のクリスマス。翌朝は照れ笑いから始まるクリスマス……。こうなったら、やはり今夜、決めるしかない。愚図でのろまな亀の俺でも決めたからにはやってやる。俺は、今夜、良佳とラブホに行く！

「楽しみだね、クリスマス！」

無邪気に笑っているがいい。笑っていられるのも今のうちだぜ。この店を出たら君は罠にかかった獲物同然さ。どう料理されるか、楽しみにしていることだな！　正善は脳内で悪魔の高笑いを響かせた。

「そろそろ、行こうか」

正善が切り上げると、良佳は「そうだね」と素直に頷いた。

よし、いよいよだ。店を出て、まず近道を促す。そして、あの角を曲がって元来た道に戻る。そしてラブホ通りに出たら、彼女の手を取って建物に入る。よし、完璧な計画だ。

「うわっ、寒ぅい！」

店を出ると良佳は肩をすくめた。そして「行きたいお店に付き合ってくれてありがとう」と言って正善に腕を絡ませてきた。

こ、これは、もう完璧以上に計画は遂行されるに違いない。

「ち、近道して帰ろうか」

「うん、近道、最高！」

未だかつて、こんなにスムーズに目的達成に向かって物事が進んだことがあっただろうか。いや、俺の人生においては一度もない。ハッとして正善は周囲を不安げに見渡した。まさか、こんなところにまでウェイターは来ないだろうな。

「どうしたぁ、正善ぃ。何を見てるのだぁ。大丈夫かぁ」

「うん、全然大丈夫だよ。良佳、酔ってるな」

「酔ってなんかおらんー」

酔ってるだろ、絶対。よし、この角を曲がれば、ラブホ通りだ。

ラブホ通りは、遅い時間帯のせいか先ほどの時よりも人通りが多かった。ゆっくり歩いているカップルが、突然姿を消す。みんな、いつああいう芸当を身に着けるのだろうか。よし、俺も……俺も、やるぜ！

正善が動いた。その拍子に良佳の腕が離れてしまった。正善は慌てて良佳の手を掴んだ。すると、良佳の手から白い手袋だけがするりと脱げ、またしても正善の手の中で息絶えた生き物のように虚しく萎れた。少し離れたところで良佳がケタケタと笑っている。

「なんで手袋ばっかり取るのぉ？　寒いじゃーん」

と言って近づくや否や、正善のマフラーを奪って走って逃げてしまった。

「あ、おい、待て！　こら！」

何これ、デジャヴ？　正善は泣きそうになりながら、良佳を追いかけるのだった。

あとがき

私の祖母は、その時代のいわゆる職業婦人で、未亡人でありながら四人の子供たちを一人で育て上げた。その祖母が、まだよちよち歩きの私に繰り返し刷り込んできた言葉がある。それは「手に職を持ちなさい。そうすれば一人になったとしても、ちゃんと生きていけるから」というものだった。その言葉は知らないうちに私の生きる道しるべとなっていたようだ。私は幼少の頃には既に画家か文筆家か歌手のいずれかになると心に決めていた。ところが、中学生の時に美術部に入部した初日に先輩の油絵を見て自分には絵の才能はないということを思い知る。絵の道は趣味でいこう。この時から、私の将来の目標は二つに絞られた。

どちらの道も焦る必要はなかったので、私はたっぷり時間をかけてその道への仕込みをしてきた。文筆家になるためには何より人生経験が必要だろうと、ありとあらゆることにどん欲にチャレンジしてきた。好奇心に任せてむさぼるように吸収した雑学、悦びに溢れる体験、胸が張り裂けそうなほどの悲しみ。どれも真正面から受け止め、味わい尽くすくらい味わった。そして、それらの経験が文筆家としてというよりは、歌手としての表現を深い部分で裏付けるものになろうとは思いもよらないことだった。

その歌手生活も十五年という節目を迎えた。歌手としてのキャリアからすれば、まだまだ産声を上げたに過ぎないのかもしれない。音楽の道を夢中になって歩んでいる最中は「文筆」というもう一方の目標ですら、色が褪せてしまっていた。それぐらい、音楽は私にしっくり来ているし、音楽の中にいる間は時間という概念すら飛び越えることが出来る。音楽の道は、まさに私にとって「正しい道」なのだ。

ところが昨年、ふいに私の中で、もう一方の目標を遂行すべし！　という気持ちがお告げのように降りてきた。今まで、その目標を忘れていたわけではない。いつか実現したらいいなぁと思い続けていたのだ。折しも翌年は歌手生活十五年という区切りでもあった。そうと決心が決まったらあとは行動あるのみ。今回、縁あって牧野出版にお世話になることとなり、話はとんとん拍子に進んでいった。その割には作品の筆は進まず、とんだ駄作も生み出したが（もちろんその作品は当本には含まれていない）どうにかこうにかひとつの本として形になった。

文章を書くにあたって、自分のことを書くということは最初から念頭になかった。自分の半生を書いたところで退屈以外何ものでもない。浅い眠りの中に見た、夢の話を聞かされるくらい意味のないことだ。ではなぜ、官能小説を書くに至ったのか。それについては、いずれどこかで改めて言い訳させてもらいたいと思う。

出版までに多くのサポートがあった。ご縁を作ってくださった土橋幸司さん、的確なアドバイスを下さった牧野出版の佐久間憲一さんに心から感謝している。こうしてこの本を手に取ってくださった皆さまにも。

この小説が、皆さまのほほ笑みを誘うことが出来たら、これほどの喜びはない。

二〇一七年十月

おぬき　のりこ

おぬき のりこ (Noriko Onuki)

8年間の社会人生活を経た後、海外で1年ほどの旅人生活を満喫。その後、縁あってジャズボーカルを始める。首都圏を中心にキャリアを重ね、実力をつけていった。現在では、名古屋Blue Noteや京都のライブハウス等、首都圏をはじめ全国的に活動。日経ホール、大手町よみうりホール、Bunkamuraオーチャードホールなどで開催されるジャズコンサートにも出演。

スタンダードだけにこだわらず、あらゆるジャンルの曲を積極的に唄いこなす。
2007年、初CDである『Evergreen』をリリース。ピアノの巨匠ルー・マシューズ氏から「天から授かった類稀なる才能と美しい声の持ち主」と賞賛される。2007年、第23回日本ジャズボーカル賞新人賞受賞。2009年3月、12月と2度にわたり、ウィンドオーケストラ楽団と共に台湾国際音楽祭にメイン出演を果たす。2010年9月、ドイツジャズ音楽祭にもメイン出演。海外での評価も高く、2012年11月、2ndアルバム『I'm in the mood for love』をリリース。「Jazz Life」、「Sax & Brass」などの音楽雑誌やインターネットメディア等で絶賛される。2016年、第32回日本ジャズボーカル賞優秀歌唱賞を受賞。今後更なる国際的な活動が期待される。

アムールの交差点《こうさてん》

2017年11月15日 初刷発行

著　者　おぬき のりこ

発行人　佐久間憲一

発行所　株式会社牧野出版

〒135-0053
東京都江東区辰巳1-4-11 STビル辰巳別館5F
電話 03-6457-0801
ファックス（ご注文）03-3272-5188
http://www.makinopb.com

印刷・製本　中央精版印刷株式会社

内容に関するお問い合わせ、ご感想は下記のアドレスにお送りください。

dokusha@makinopb.com

乱丁・落丁本は、ご面倒ですが小社宛にお送りください。
送料小社負担でお取り替えいたします。

 ISBN978-4-89500-217-2